呪術《じゅじゅつ》

闇《やみ》と光のバトル

こころに宿《やど》る鬼《おに》の影《かげ》

陰陽師《おんみょうじ》

はじめに

オカルトブーム再来!?

ブームは数年おきに巡《めぐ》ってくるといいますが、さまざまなコンテンツでオカルトジャンルが目につくようになりました。

「怖《こわ》い話が好き」「呪術《じゅじゅつ》に興味《きょうみ》がある」と公言すると、まるで宇宙人《うちゅうじん》を見るかのような視線《しせん》を浴《あ》びていた学生時代を過《す》ごしたわたしにとって、とてもいい時代になったと感じます。

さて、みなさんは「呪い」という文字をどのように読みますか？

【のろい】？　それとも【まじない】でしょうか？

ではこの二つの言葉にはどんな違《ちが》いがあるのでしょう。

同じ「兄」というつくりを使った文字に「祝《いわ》い」があります。

あくまでもわたしの考えになりますが、たとえば自分が「幸せになりたい」と思うのが【呪《まじな》い】、誰《だれ》かに「幸せになってほしい」と願うのが【祝《いわ》い】、他人を見て「どうしてあの人はわたしよりも幸せなのか」と妬《ねた》むのが【呪《のろ》い】なのではないでしょうか。

それらの「想い」が力になったものを「呪力《じゅりょく》」、力を使うための方法が「呪術《じゅじゅつ》」だと考えます。

……あくまでもわたしの考えなので、違《ちが》うかもしれませんが。

今回はその「呪術《じゅじゅつ》」を生業《なりわい》としてきた人たち【陰陽師《おんみょうじ》】について書いていこうと思います。

いろんな媒体《ばいたい》で紹介《しょうかい》されることの多い能力集団【陰陽師《おんみょうじ》】。

その中でも特に有名な安倍晴明《あべのせいめい》を中心に、彼《かれ》らが残してきた物語をたどってみましょう。

橘《たちばな》伊津姫《いつき》

もくじ

陰陽師（おんみょうじ）

- ■ 安部晴明（あべのせいめい） ……… 4
- ■ 安倍晴明、忠行に随いて道を習う語（あべのせいめい、ただゆきにしたがいてみちをならう） ……… 6
- ■ 晴明が蔵人少将の憑き物を追い払うこと（せいめいがくろうどのしょうしょうのつきものをおいはらうこと） ……… 14
- ■ 蘆屋道満（あしやどうまん） ……… 26
- ■ 蘆屋道満という男（あしやどうまん） ……… 28
- ■ 道長と晴明と白い犬（みちながとせいめいとしろいいぬ） ……… 52
- 陰陽師（おんみょうじ） ……… 68
- 式神（しきがみ） ……… 70
- セーマン・ドーマン ……… 73
- 泰山府君祭（たいざんふくんさい） ……… 74
- 追儺（ついな） ……… 74
- 急急如律令（きゅうきゅうにょりつりょう） ……… 78
- 方違え（かたたがえ） ……… 78
- 結界（けっかい） ……… 79
- 陰陽師の道具（おんみょうじのどうぐ） ……… 80
- さまざまな占術（せんじゅつ） ……… 81
- イザナギ流 不動王生霊返し（いきりょう） ……… 82
- 百鬼夜行（ひゃっきやこう） ……… 83

陰陽師
おんみょうじ

■安倍晴明《あべのせいめい》

さまざまな小説やコミックで大活躍《だいかつやく》の安倍晴明《あべのせいめい》。日本で一番有名な陰陽師《おんみょうじ》といっても過言《かごん》ではないでしょう。多くの作品に登場する安倍晴明《あべのせいめい》は青年期の姿《すがた》で描《えが》かれることが多いですが、実際に彼《かれ》が陰陽寮《おんみょうりょう》の天文得業生《てんもんとくごうしょう》（学生）になったのは四十歳頃《さいごろ》からといわれており、この時代の平均寿命《へいきんじゅみょう》を考えると異例《いれい》のことだと考えられます。

そこからメキメキと頭角をあらわし、やがて天文博士《てんもんはかせ》に就任《しゅうにん》し天文部《てんもんぶ》のトップまで昇《のぼ》りつめます。さらには陰陽博士《おんみょうはかせ》に就任《しゅうにん》し、八五歳《さい》で天寿《てんじゅ》を全《まっと》うするまでに五人の天皇《てんのう》に仕《つか》えました。

幼少期《ようしょうき》から見鬼《けんき》の才（鬼《おに》を見る力）がずば抜《ぬ》けていたとされる晴明《せいめい》は「母親は信太《しのだ》の杜《もり》に住む白狐《びゃっこ》・葛葉《くずのは》である」と噂《うわさ》されるほどでした。

晴明《せいめい》の能力の高さを伝える物語の中には、師匠《ししょう》である賀茂忠行《かものただゆき》よりも先に百鬼夜行《ひゃっきやこう》に気づいて術《じゅつ》を使い、師匠《ししょう》一行を災《わざわ》いから守った話も残されています。

父親については諸説《しょせつ》あり、有名なのは前述《ぜんじゅつ》の葛葉狐《くずのはぎつね》を娶《めと》った安倍保名《あべのやすな》が父親であるというものです。その他《ほか》に宮中《きゅうちゅう》の料理人であった大善大夫《だいぜんのだいぶ》・安倍益材《あべのますき》であるという説もあります。

優秀《ゆうしゅう》な人材である安倍晴明《あべのせいめい》は花山天皇《かざんてんのう》や一条天皇《いちじょうてんのう》、そして藤原道長《ふじわらのみちなが》などの宮廷《きゅうてい》の中心にいた重要な地位の貴族《きぞく》たちに重用《ちょうよう》されました。

■安倍晴明《あべのせいめい》、忠行《ただゆき》に随《したが》いて道を習《なら》う語《はなし》

平安時代、天文博士《てんもんはかせ》に任《にん》じられた安倍晴明《あべのせいめい》という陰陽師《おんみょうじ》がおりました。歴代《れきだい》の高名な陰陽師《おんみょうじ》にも恥《は》じぬほどの腕前《うでまえ》を持っておりました。

幼《おさな》い頃《ころ》から賀茂忠行《かものただゆき》という陰陽師《おんみょうじ》にも師事《しじ》し、昼となく夜となくこの道を修行《しゅぎょう》しておりましたので、心もとないことなどいささかもございませんでした。

この晴明《せいめい》が若《わか》い時分のこと。

ある夜、師《し》である忠行《ただゆき》が下京方面に出かける際に供《とも》を言いつかり、ゴトゴトと進む牛車《ぎっしゃ》に歩いてついていきました。

忠行《ただゆき》は昼間の疲《つか》れからか、車に揺《ゆ》られるうちにすっかり寝入《ねい》ってしまいました。

暗い夜道を松明《たいまつ》をかかげながら歩いていた晴明《せいめい》でしたが、ふと何かの気配を感じて顔を上げますと、前方からこちらに向かって恐《おそ》ろしい姿《すがた》の鬼《おに》どもがやってくるではありませんか。

驚《おどろ》いた晴明《せいめい》は慌《あわ》てて、車の中にいるはずの忠行《ただゆき》へと声をかけました。

「もし、御師《おんし》さま、御師《おんし》さま、大変でございます。どうか起きてください。道の向こうより鬼《おに》どもがやってまいります」

これを聞いた忠行《ただゆき》はパッと目を覚《さ》まし、御簾《みす》をわずかにめくって鬼《おに》どもの姿《すがた》を認《みと》めると、すぐさま牛《ぎっ》

車《しゃ》の轅《ながえ》（牛車《ぎっしゃ》と牛をつないでいる二本の長い棒《ぼう》）を叩《たた》いて車を停《と》めさせ、供回《ともまわ》りの者たちに

「顔を袖《そで》で覆《おお》い、何も見ぬように。わたしが良いと言うまで声も出してはいけない」

と申《もう》し伝えました。

忠行《ただゆき》は袖《そで》の内側で印を結ぶと、低い声で呪文《じゅもん》を唱《とな》え、牛車《ぎっしゃ》もろとも鬼《おに》の目から隠《かく》すように方術《ほうじゅつ》で囲いました。そして忠行《ただゆき》の術《じゅつ》によって誰《だれ》一人傷《きず》を負うこともなく、災《わざわ》いを避《さ》けることができたのです。

この後《のち》、晴明《せいめい》の見鬼《けんき》の才《さい》に感心した忠行《ただゆき》は晴明《せいめい》を常《つね》に側《そば》に置き、大変にかわいがって自分の持てる陰《おん》陽道《みょうどう》の知識を余《あま》すところなく伝えたのでした。

ある日のこと、安倍晴明《あべのせいめい》が広沢の寛朝僧正《かんちょうそうじょう》と申《もう》される方のお住まいにうかがうと、側《そば》に控《ひか》えておりました年若《としわか》い公達《きんだち》や僧《そう》たちが興味《きょうみ》深げに晴明《せいめい》に近づいてまいりました。

「晴明殿《せいめいどの》、貴殿《きでん》は式神を自在《じざい》に使役《しえき》するとのことですが、たとえばその式神を用《もち》いて人をたちどころに殺すことはおできになるのですか？」

にやにやと笑いながら投げかけられた言葉に、晴明《せいめい》は不快《ふかい》そうに眉《まゆ》を寄《よ》せました。

「これはまた、この陰陽道《おんみょうどう》の秘事《ひじ》に関わることについて、随分《ずいぶん》と不躾《ぶしつけ》にお尋《たず》ねなさるものですな」

「それほどにもったいぶるものでもありますまい」

「聞けば晴明殿《せいめいどの》の御母君は、信太《しのだ》の杜《もり》に棲《す》む白狐《びゃっこ》であるとか。なるほど晴明殿《せいめいどの》の力は御母君譲《ゆず》りということか」

「当代一との名声を誇《ほこ》る晴明殿《せいめいどの》のこと。人一人を殺してしまうくらい何と言うこともございませんでしょう」

「ぜひとも一度、この目で見てみたいものでございます」

晴明《せいめい》の気持ちも知らずに、周りの者たちは口々に好き勝手なことをいいます。

大きなため息をついてから、晴明《せいめい》はおもむろに口を開きました。

「みなさまが思っていらっしゃるほど、簡単《かんたん》なことではありません。ですが少し力をいれさえすれば、必ず殺すことはできましょう。虫などであれば、ほんのわずかなことで殺せますが、生き返らせる方法を知りませんので、無闇矢鱈《むやみやたら》とおこなうことはいたしません。無益《むえき》な殺生《せっしょう》は罪《つみ》となります故《ゆえ》」

しかしその時、庭先を蛙《かえる》が五、六匹《ぴき》、池の方へと飛び跳《は》ねていくのが見えました。

一人の公達《きんだち》が

「では、あれを一匹《ぴき》殺してみせてください。晴明殿《せいめいどの》の腕前《うでまえ》を一つ拝見《はいけん》するといたしましょう」

と言い出します。他《ほか》の公達《きんだち》や僧《そう》たちも「それは面白《おもしろ》そうだ」と手を叩《たた》いてはやし立てました。

「なんと罪《つみ》つくりなことをおっしゃる方々だ。ただ必死に生きているものを、わざわざ殺すこともございますまい」

晴明《せいめい》が渋《しぶ》ってみせると、袖《そで》で口元を隠《かく》しながらもニヤニヤと嫌味《いやみ》な笑みを浮《う》かべた僧《そう》が、

「とは言っても、たかが蛙《かえる》でございましょう。気に病《や》む必要もありますまい。それとも本当は晴明殿《せいめいどの》に

は蛙《かえる》一匹《ぴき》殺す御力もないとか？　まこと、噂《うわさ》もあてにはなりませぬな」

と言い出し、周囲にいた者たちといっしょになってクスクスと笑い合いました。

「なるほど、そこまでおっしゃるのでしたら、あの蛙《かえる》を殺してみせましょう。後悔《こうかい》なさいますなよ」

晴明《せいめい》はそう言って手近にあった草の葉を掴《つか》み取り、唇《くちびる》に寄《よ》せて呪文《じゅもん》を唱《とな》えてから蛙《かえる》に向かって投げやりました。

宙《ちゅう》をフワリと舞《ま》った草の葉が蛙《かえる》の背にかぶさるや否《いな》や、鈍《にぶ》い破裂音《はれつおん》を立てて、蛙《かえる》は平たく潰《つぶ》れて死んでしまいました。

これを見た者たちは顔色を失《な》くして震《ふる》え上がり、声を発することもできません。

「これでご満足《まんぞく》ですかな？　まだ足《た》りぬとおっしゃるのなら、今度はお仲間のどなたかに術《じゅつ》をかけてご覧《らん》にいれますが」

晴明《せいめい》の言葉に飛び上がった僧《そう》たちは、口々に何事かを弁明《べんめい》しながら足早にその場を去《さ》っていきます。

彼《かれ》らの後《うし》ろ姿《すがた》を見送る晴明《せいめい》に、物陰《ものかげ》から姿《すがた》をあらわした寛朝僧正《かんちょうそうじょう》が声をかけました。

「いやはや、何とも凄《すさ》まじきものでございますな」

「これは、僧正《そうじょう》さま。お見苦しいものを御目《おめ》に入れまして」

頭を下げる晴明《せいめい》に手を振《ふ》ると、寛朝僧正《かんちょうそうじょう》は口を開きます。

「年若《としわか》い者たちには良い学びとなったでしょう。仏《ほとけ》に仕《つか》える身でありながら、無益《むえき》な殺生《せっしょう》を他人に強《し》い

るなど・・・。僧《そう》としてあの者たちを教え導《みちび》いてきたつもりでおりましたが、まだまだ拙僧《せっそう》の力及《およ》ばずと言ったところでしょうな」

若者《わかもの》たちが去《さ》っていった廊下《ろうか》の先を見ていた視線《しせん》を晴明《せいめい》に戻《もど》すと、深々と頭を下げました。

「そのために天文博士殿《てんもんはかせどの》には、せずとも良い殺生《せっしょう》をさせてしまい申《もう》し訳《わけ》なく・・・」

しかし晴明《せいめい》は寛朝僧正《かんちょうそうじょう》の言葉を遮《さえぎ》ると、人差し指を唇《くちびる》にあて、フッと鋭《するど》く息を吐《は》き出します。

すると、今まで二人の目の前で潰《つぶ》れていたはずの蛙《かえる》が起き上がり、何事もなかったように庭を横切っていくではありませんか。

度肝《どぎも》を抜《ぬ》かれたのは寛朝僧正《かんちょうそうじょう》です。

たった今まで死んだと思っていた蛙《かえる》が動き出したのですから。

「晴明殿《せいめいどの》、これはいったい?」

驚《おどろ》きのあまりポカンと口を開けている寛朝僧正《かんちょうそうじょう》に向かって、悪戯小僧《いたずらこぞう》のような笑顔で晴明《せいめい》は、

「理由もなく殺されては蛙《かえる》もたまらないでしょう。なんせ、わたしは狐《きつね》の子どもですからね。人をだますのはお手の物ですよ。まあ、彼《かれ》らはしばらくの間、先ほどの光景を夢《ゆめ》に見るやもしれませんが、そこは自業自得《じごうじとく》ということで諦《あきら》めてもらいましょう」

と告《つ》げました。

晴明《せいめい》が実際には蛙《かえる》の命を奪《うば》うことなく、目くらましの呪法《じゅほう》で若者《わかもの》たちをやりこめたとわかり、寛朝僧《かんちょうそう》

正《じょう》も楽しそうに笑い声を上げるのでした。

数々の逸話《いつわ》がある安倍晴明《あべのせいめい》ですが、彼《かれ》の本当にすごいところは、日常のなんでもない場面で式神を自《じ》由自在《ゆうじざい》に使いこなしていたということではないでしょうか。

さて、師匠《ししょう》である忠行《ただゆき》の死後、晴明《せいめい》の家は土御門大路《つちみかどおおじ》よりは北、西洞院大路《にしのとういんおおじ》よりは東に位置しておりました。彼《かれ》の住んでいた屋敷《やしき》では、家の中に誰《だれ》もいないはずなのに、ひとりでに蔀戸《しとみど》の上げ下ろしがされていたり、屋敷《やしき》の門が勝手に閉ざされていたりといった目撃談《もくげきだん》が伝えられています。もったいぶらずに、さも簡単《かんたん》そうに式神を使役《しえき》してみせる。これこそ「本物」なのでしょう。

晴明《せいめい》の子孫《しそん》は後々《のちのち》まで朝廷《ちょうてい》に重用《ちょうよう》され、その土御門《つちみかど》の屋敷《やしき》も代々伝領《でんりょう》されていました。

■寛朝僧正《かんちょうそうじょう》

「広沢の僧正《そうじょう》」と呼《よ》ばれた、宇多天皇《うだてんのう》の皇子《おうじ》である敦実親王《あつみしんのう》の子供《こども》。

天暦《てんりゃく》二年（948年）に寛空《かんくう》より灌頂《かんじょう》を受けた僧侶《そうりょ》で、密教を再興《さいこう》させ「広沢流」の祖となりました。

仁和寺《にんなじ》別当、東寺長者、東大寺別当などを歴任《れきにん》し、寛和《かんな》二年（986年）には大僧正《だいそうじょう》に就任《しゅうにん》、嵯峨《さが》の広沢池に近い遍照《へんじょう》寺《じ》に長住しました。

■晴明《せいめい》が蔵人少将《くろうどのしょうしょう》の憑《つ》き物を追い払《はら》うこと

ある日のこと。

安倍晴明《あべのせいめい》が所用のため、左近衛府《さこんえふ》の舎人《とねり》の詰所《つめしょ》へ向かい、内裏《だいり》のうちを歩いていると、華《はな》やかな牛車《ぎっしゃ》が先払《さきばら》いをさせながらやってくるのに出くわしました。

はて、どのような殿上人《てんじょうびと》が参内《さんだい》してきたものかと眺《なが》めていると、車から降りて歩みを進めるのは、まだ年若《としわか》く爽《さわ》やかな空気をまとった青年でした。

身なりも良く、すらりと伸《の》びた手足は健《すこ》やかに、顔立ちもまことに麗《うるわ》しいこの方が蔵人少将《くろうどのしょうしょう》です。

内裏《だいり》を歩む少将《しょうしょう》へ目をやりながら晴明《せいめい》は呟《つぶや》きました。

「ほうほう、これはなんとも見目好《みめよ》い若者《わかもの》ではござらぬか。これだけの器量を持ちながら、それを鼻にかけた様子もない。宮仕《みやづか》えの女御《にょうご》たちも色めき立つに違《ちが》いない」

その時、少将《しょうしょう》の頭上を烏《からす》が飛び去《さ》っていきましたが、飛び抜《ぬ》きざまに若者《わかもの》に糞《ふん》をしかけていったのです。

これを見た晴明《せいめい》は、

「ああ……。あの烏《からす》は術師《じゅつし》が放《はな》った式神のようだ。わざわざあの方の頭上を横切り穢土《えど》（糞《ふん》）をしかけていったということは、きっと善《よ》からぬことを企《たくら》んで、あの方を呪《のろ》い、害そうとしているに違《ちが》いない。なんとも浅ましきことよ。しかし、ここでこの晴明《せいめい》が一部始終《いちぶしじゅう》を見ていたのは幸《さいわ》いであった。これはきっ

と、あの方をお助けするための前世からの因縁《いんねん》なのであろう」

と考え、足早に蔵人少将《くろうどのしょうしょう》の元へ歩み寄《よ》りました。

「お待ちくださいませ。あなたさまは主上《しゅじょう》の御前《ごぜん》へ参内《さんだい》なさるためにおいでになったのでしょうが、それはいけません。このまま参内《さんだい》なされば、あなたさまの命を救《すく》う手立てがなくなります。あなたさまにはおわかりにならないかもしれませんが、このままでは今晩《こんばん》を無事にお過《す》ごしになることすら難《むずか》しいとお見受けいたしました」

近付いてきた見知らぬ男に、いきなりこのようなことを言われて、蔵人少将《くろうどのしょうしょう》は驚《おどろ》きと怖《おそ》れ、そして疑《うたが》いのこもった眼差《まなざ》しを晴明《せいめい》に向けて口を開きました。

「いきなりそのように恐《おそ》ろしいことを口になさるあなたは、一体どなたなのでしょう？　主上《しゅじょう》への参内《さんだい》をやめなければならぬほどの理由があるのであれば、ぜひにお聞かせ願いたい。内裏《だいり》まで来ておきながら、主上《しゅじょう》の御前《ごぜん》に参《まい》ることもせずに去《さ》ったとあっては、位《くらい》を戴《いただ》いた者として面目が立ちませぬ」

「なるほど、あなたさまのおっしゃることもごもっとも。わたくしめは陰陽寮《おんみょうりょう》にて天文博士《てんもんはかせ》を拝命《はいめい》しております安倍晴明《あべのせいめい》と申《もう》す者。本日は故《ゆえ》あって内裏《だいり》へやって参《まい》りましたが、そこで烏《からす》があなたさまへ穢土《えど》をしかけるのを目にして、これは放《ほお》ってはおけぬと声をかけさせていただいた次第《しだい》。何故《なぜ》ならこの烏《からす》は、あなたさまに害を成《な》さんと考えた者が使役《しえき》する式神に相違《そうい》ないからです」

晴明《せいめい》の説明を聞いた蔵人少将《くろうどのしょうしょう》は態度《たいど》を改《あらた》めて頭を下げます。

「あなたがかの高名な安倍晴明殿《あべのせいめいどの》でしたか。ならばわたしは晴明殿《せいめいどの》のお言葉に従《したが》いましょう。しかし主《しゅ》上《じょう》には何とお伝えすれば良いものか。本日参内《さんだい》の先触《さきぶ》れを出しております故《ゆえ》」

困《こま》り顔で思案《しあん》する蔵人少将《くろうどのしょうしょう》に、晴明《せいめい》はわずかに笑みを浮《う》かべると、

「なぁに、このように小者に届《とど》けるようにお申《もう》し付けください。内裏《だいり》にて安倍晴明《あべのせいめい》なる胡散臭《うさんくさ》げな陰陽《おんみょう》師《じ》に『相が良くない故《ゆえ》、物忌《ものい》みを勧《すす》められた』と伝えておけば、あなたさまが咎《とが》められることはございません」

晴明《せいめい》の言葉を聞いた蔵人少将《くろうどのしょうしょう》は安心したようにホッと息を吐《は》き、次の瞬間《しゅんかん》には目の前の陰陽師《おんみょうじ》の話が肝《きも》に染《し》みたのか、青い顔をして震《ふる》えはじめました。

「名のある陰陽師《おんみょうじ》である晴明殿《せいめいどの》がおっしゃる、わたしを害そうとする呪《のろ》いとはどのようなものなのでしょう？　わたしはどのようにすれば良いのか、どうぞお教えください」

晴明《せいめい》は少将《しょうしょう》の口に人差し指を当てると

「そのように迂闊《うかつ》に声に出すものではございません。どこで誰《だれ》が聞いているかわかりませぬ故《ゆえ》。さあ、どうぞ牛車《ぎっしゃ》にお乗りになって。お屋敷《やしき》へ戻《もど》りましょう」

と諭《さと》しました。ふらつく蔵人少将《くろうどのしょうしょう》を支《ささ》えながら牛車《ぎっしゃ》に乗り込《こ》んだ晴明《せいめい》は、従者《じゅうしゃ》へ少将《しょうしょう》の屋敷《やしき》へ向かうようにいいました。

やがて少将《しょうしょう》の屋敷《やしき》に到着《とうちゃく》すると、人払《ひとばら》いを申《もう》しつけ、夜が明けるまで誰《だれ》も部屋に入らぬように命じます。

震《ふる》える少将《しょうしょう》にわずかの酒を与《あた》えて背中《せなか》をさすっていると、ようやく落ち着きを取り戻《もど》した少将《しょうしょう》が深いため息と共に語りはじめます。

「何故《なにゆえ》、わたしが呪《のろ》われているのでしょう？　家では義父《ぎふ》を労《いたわ》り、よく尽《つ》くし、外では身を粉《こ》にして働き、主上《しゅじょう》にお仕《つか》えしているというのに。一体何をしたというのでしょうか？」

その言葉を一つ一つ受け止めながら、晴明《せいめい》は答えます。

「あなたさまの疑問《ぎもん》はごもっともです。しかしながら、この世には、清廉潔白《せいれんけっぱく》な人ほど許《ゆる》せない、そのせいで自分が割《わ》りを食っていると考える、ひねくれた心根の人間が存在《そんざい》するのですよ」

安倍晴明《あべのせいめい》と蔵人少将《くろうどのしょうしょう》が内裏《だいり》で出会ったのが申《さる》の刻《こく》（一五～一七時）頃《ごろ》のことでしたので、辺《あた》りはとっぷりと日も暮《く》れ、夜の闇《やみ》が屋敷《やしき》を包んでいます。

主人の異変《いへん》を感じ取り、家人も息を潜《ひそ》めているのでしょう。

物音一つしません。

「そろそろはじめるといたしましょう。夜は相手の領分《りょうぶん》ですが、これを乗り切ればこちらの勝ちです。二度とあなたさまに危害《きがい》を加えることはないでしょう。どうかあなたさまもお心を強くお持ちになって。呪《のろ》いは心の隙間《すきま》に入り込《こ》みます。相手につけ入る隙《すき》を与《あた》えてはいけません」

晴明《せいめい》は少将《しょうしょう》の衣《ころも》を借り受けると、それを褥《しとね》（寝台《しんだい》・寝具《しんぐ》）の上に広げ、部屋の隅《すみ》に燭台《しょくだい》を四本立てて少将《しょうしょう》を中に座《すわ》らせました。

「これからこの場所に結界を張《は》り、あなたさまに向かって飛ばされる呪《のろ》いを打ち返してまいります。わたしが良いと言うまで声を出してはなりません。よろしいか？」

晴明《せいめい》の真剣《しんけん》な声と表情に気圧《けお》され、少将《しょうしょう》は口を押《お》さえて頷《うなず》き、結界の中央に静かに座《すわ》りました。

続いて晴明《せいめい》も結界の内に入ると、印を切って結界を閉じてから、少将《しょうしょう》の体を抱《だ》き寄《よ》せ、その耳に呪文《じゅもん》を読み聞かせはじめました。

何事もなく夜は過《す》ぎていきます。

はじめのうちこそ恐怖《きょうふ》で緊張《きんちょう》していた蔵人少将《くろうどのしょうしょう》も次第《しだい》に気が緩《ゆる》み、このまま何も起こらないのではないか？　呪《のろ》われているというのは晴明《せいめい》の勘違《かんちが》いなのではないか？　果《は》てには高名な陰陽師《おんみょうじ》である安倍晴《あべのせい》明《めい》を騙《かた》り金品を強請《ゆす》ろうとしているのではないか？　などと考える余裕《よゆう》さえ出てきました。

居心地《いごこち》の悪さを感じて、己《おのれ》を抱《だ》きしめる晴明《せいめい》の腕《うで》の中で身動《みじろ》ぎをした瞬間《しゅんかん》、それは唐突《とうとつ》にはじまりました。

ピシッと鋭《するど》く空気が鳴ったかと思うと、目の前の床《ゆか》がザックリと抉《えぐ》れたのです。

「――っ！」

少将《しょうしょう》は声を出さぬように強く口を押《お》さえ、身を固くしました。

晴明《せいめい》は「身固めの呪法《じゅほう》」を行いながら、一睡《いっすい》もせずに声を絶《た》やさず加持祈祷《かじきとう》を続けました。

その間も少将《しょうしょう》を狙《ねら》う呪《のろ》いの力は部屋の中を飛《と》び交《か》い、目標を求めて調度品を傷《きず》つけていきます。

もしかしたらこのまま、ずっと夜が明けることはないかもしれないと怯《おび》えていた少将《しょうしょう》の耳に、どこかで一番鶏《どり》の夜明けを告《つ》げる声が聞こえてきました。

少将《しょうしょう》がホッと安堵《あんど》の息を漏《も》らすのと同時に、一際《ひときわ》大きな音がして結界を守っていた燭台《しょくだい》が折《お》れ倒《たお》れ、それきり何の音もしなくなりました。

晴明《せいめい》は少将《しょうしょう》を抱《だ》きしめていた腕《うで》をほどいて立ち上がると、床《ゆか》の上にこぼれた灯明《とうみょう》を踏《ふ》み消し、大きく深呼吸《しんこきゅう》してから印を切ります。

「さあ、危険《きけん》は去《さ》りました。もう声を出しても大丈夫《だいじょうぶ》ですよ」

晴明《せいめい》に促《うなが》されて立ち上がった少将《しょうしょう》は、改《あらた》めて部屋の惨状《さんじょう》を見て息を飲みました。

床《ゆか》といわず壁《かべ》といわず、無数の傷《きず》がつき表面がささくれ立っています。

特に衣《ころも》を広げた褥《しとね》の周辺は酷《ひど》く、滅茶苦茶《めちゃくちゃ》に刃物を振《ふ》り回したかのように、あちこちに傷《きず》や裂《さ》け目《め》がついていました。

これらが自分に向けられた悪意の強さなのかと思い至《いた》り、少将《しょうしょう》はゾッと身を震《ふる》わせました。

その時、少将《しょうしょう》の屋敷《やしき》の戸をほとほと叩《たた》く音が聞こえてきました。

「このような時間に、一体誰《だれ》が何の用で?」

控《ひか》えていた家人が戸を開けると、見知らぬ男が立っています。

招《まね》き入れてみると、男は都に住む陰陽師《おんみょうじ》の使いであると名乗りました。

この家には蔵人少将《くろうどのしょうしょう》と同じように娘聟《むすめむこ》として蔵人《くろうど》の五位が入っており、敷地《しきち》内の別々の場所に生活していました。

しかし妻《つま》の舅姑《きゅうこ》（義理《ぎり》の両親）は器量も良く働き者の少将《しょうしょう》ばかりをかわいがり、五位の聟《むこ》についてはつまらぬ男、使えぬ聟《むこ》よと見下し、粗略《そりゃく》に扱《あつか》っていたために、五位の聟《むこ》は少将《しょうしょう》を恨《うら》み、果てには陰陽師《おんみょうじ》を頼《たの》んで相聟《あいむこ》（同じ家内で暮《く》らす二人の聟《むこ》）である少将《しょうしょう》を呪《のろ》い殺そうと考えたのです。

ですが、運良く居合《いあ》わせた安倍晴明《あべのせいめい》の加持祈祷《かじきとう》と身固めの呪法《じゅほう》によって少将《しょうしょう》の命は救《すく》われました。

呪《のろ》いを打ち返されたと知った陰陽師《おんみょうじ》は、すぐさま使いの者を蔵人少将《くろうどのしょうしょう》の屋敷《やしき》へと走らせました。

「仰《おお》せを受けてより、どうしようかとずっと悩《なや》んでおりました。さりとて、話を聞いてしまった以上、何もなかったという訳《わけ》にもまいりませぬ。仰《おお》せに背《そむ》くまいと式神を使い呪法《じゅほう》を飛ばしたところ、御身《おんみ》の護《まも》りが強く、わたしの式神が帰って参《まい》りました。今や自分が式神に調伏《ちょうぶく》されて死を待つばかりでございます。一時の気の迷《まよ》いで、してはならぬことをしました」

話を聞いた晴明《せいめい》は、使いの者に人をつけて陰陽師《おんみょうじ》の様子を見に行かせましたが、陰陽師《おんみょうじ》はそのまま死んでしまったということでした。

舅姑《きゅうこ》はすべての事情を知ると、蔵人《くろうど》の五位の聟《むこ》を屋敷《やしき》からすぐに追い出してしまいました。

この蔵人少将《くろうどのしょうしょう》が誰《だれ》のことかはわかりませんが、後《のち》に大納言《だいなごん》にまで昇進《しょうしん》したということです。

◆解説

◆式神

常《つね》に二体が一組になって行動し、その能力や役割《やくわり》に差はありませんが、一体では用をこなすことができなかったといいます。

安倍晴明《あべのせいめい》が書《か》き記《しる》した『占事略決《せんじりゃっけつ》』によれば、北極星を中心とした星や方角を神格化《しんかくか》した「十二天将《てんしょう》」、太陽と月の会合点（合流している地点）を神格化《しんかくか》し、北斗七星《ほくとしちせい》と関連の深い「十二月将《がつしょう》」（徴明《ちょうめい》・河魁《かかい》・従魁《じゅうかい》・傳送《でんそう》・小吉・勝先・太一《たいいつ》・天剛《てんごう》・大衝《たいちゅう》・功曹《こうそう》・大吉・神后《しんごう》）、また平安後期の芸能の記『新猿楽記《しんさるがくき》』には「三十六禽《きん》」が陰陽師《おんみょうじ》の式神として使役《しえき》されるとして登場しています。

「三十六禽《きん》」とは人々を惑《まど》わす魔物《まもの》で、動物の精霊《せいれい》であり、時刻によって出現する動物霊《れい》だそうです。

十二支《じゅうにし》を三等分したもので、十二方位、二十四時間を三六分割《ぶんかつ》した時間帯の守護獣《しゅごじゅう》です。

◆**子**《ね》　ツバメ、ネズミ、コウモリ　北
◆**丑**《うし》　ウシ、カニ、スッポン　北東北
◆**寅**《とら》　タヌキ、ヒョウ、トラ　東北東
◆**卯**《う》　キツネ、ウサギ、ムジナ　東
◆**辰**《たつ》　リュウ、ミズチ、サカナ　東南東
◆**巳**《み》　ウジ、ウミヘビ、ヘビ　南東南

◆**午**《うま》　シカ、ウマ、クジカ　南
◆**未**《ひつじ》　ヒツジ、カリ、タカ　南西南
◆**申**《さる》　ヤマコ、メスザル、オスザル　西南西
◆**酉**《とり》　カラス、ニワトリ、キジ　西
◆**戌**《いぬ》　イヌ、オオカミ、ヤマイヌ　西北西
◆**亥**《い》　ブタ、イタチ、イノシシ　北西北

◆印相

仏教《ぶっきょう》において手の指でさまざまな形をつくって、仏《ほとけ》・菩薩《ぼさつ》・諸尊《しょそん》の世界を示《しめ》しているものです。

密教《みっきょう》が発達するにつれて形が定まり、意味が付随《ふずい》するようになりました。

有名なものに「九字護身法《くじごしんぼう》」があり、これは「臨兵闘者皆陣烈在前《りんぴょうとうしゃかいじんれつざいぜん》」の九つの文字と九種類の印相によって、災《わざわ》いを退《しりぞ》け、勝利を祈《いの》る呪法《じゅほう》の一つです。

また映画やコミックなどに登場する呪術者《じゅじゅつしゃ》が使用する「剣印《けんいん》・刀印」と呼《よ》ばれる印は、右手の人差し指と中指を立てて他《ほか》の指を握《にぎ》り込《こ》んだ形の印です。

◆式神返し

陰陽師《おんみょうじ》の使う式神は主人の代《か》わりにいろいろなことをやってくれる便利《べんり》なアイテムのようなイメージがありますが、一歩間違《まちが》えれば命を落とす羽目《はめ》にもなりかねない危険《きけん》なものでした。

紹介《しょうかい》した作品の中にも登場する呪殺《じゅさつ》の依頼《いらい》を受けた陰陽師《おんみょうじ》は、蔵人少将《くろうどのしょうしょう》に向かって式神を放《はな》ちますが、少将《しょうしょう》を守っていた安倍晴明《あべのせいめい》の力が強すぎて式神を打ち返されてしまいます。そのために命令を実行できなかった式神は呪《のろ》いの力を持ったまま主人である陰陽師《おんみょうじ》の元に返ってくるのですが、その時に抱《かか》えていた呪《のろ》いの力を主人にぶつけてしまうのです。

人一人を呪《のろ》い殺すだけの力を抱《かか》えた式神が、さらに安倍晴明《あべのせいめい》の力を上乗せされて戻《もど》ってくるのですから、主人である陰陽師《おんみょうじ》が無事であるはずもありません。

このようなリスクを知っていたからこそ、依頼《いらい》を受けた陰陽師《おんみょうじ》は「どうしようかと悩《なや》んでいた」のでした。

◆身固めの呪法《じゅほう》

相手の体を強く抱《だ》きしめることで、降りかかる邪気《じゃき》を取り除《のぞ》こうとする呪法《じゅほう》。

天皇《てんのう》が身固めをする場合は、陰陽師《おんみょうじ》に御衣《ぎょい》を与《あた》え、これに呪法《じゅほう》を施《ほどこ》していました。

江戸時代末期まで安倍家《あべけ》（土御門家《つちみかどけ》）に伝わっていたという呪法《じゅほう》で、その詳細《しょうさい》は定《さだ》かではありません。

使われる呪文《じゅもん》は

『天為我父《てんいがふ》　地為我母《ちいがぼ》

天を我《わ》が父となし　地を我《わ》が母となす

在六合中《ざいろくごうちゅう》　南斗《なんと》　北斗《ほくと》　三台玉女《さんたいぎょくじょ》

国の中に　南斗《なんと》　北斗《ほくと》　三台《さんたい》　玉女《ぎょくじょ》あり

左青龍《させいりゅう》　右白虎《うびゃっこ》　前朱雀《ぜんすざく》　後玄武《こうげんぶ》

左に青龍《せいりゅう》　右に白虎《びゃっこ》　前に朱雀《すざく》　後《うし》ろに玄武《げんぶ》

前後扶翼《ぜんごふよく》　急急如律令《きゅうきゅうにょりつりょう》

前後扶翼《ぜんごふよく》（助け守る）す　急ぎそのようにせよ』

というものです。

※三台《さんたい》：古代中国の天文学で紫微星《しびせい》（北極星）を囲んで守る上台・中台・下台の六つの星のこと。それぞれ二星からなり、これに司馬《しば》（祭祀《さいし》・軍事）・司徒《しと》（戸籍《こせき》・教育・厚生《こうせい》）・司空《しくう》（築城《ちくじょう》・水利）を取り仕切る三公になぞらえています。

※玉女《ぎょくじょ》：陰陽道《おんみょうどう》で祀《まつ》る神の名前。多願玉女《たがんぎょくじょ》（旅行）、色星玉女《しょくせいぎょくじょ》（服飾《ふくしょく》）、天皇玉女《てんのうぎょくじょ》（祈願《きがん》）などがあり、さらにその上に歳徳玉女《としとくぎょくじょ》（恵方《えほう》）が位置します。

■蘆屋道満《あしやどうまん》

物語の中では安倍晴明《あべのせいめい》のライバルとして登場することが多い蘆屋道満《あしやどうまん》は、平安時代のダークヒーロー的な存在《そんざい》です。道摩法師《どうまほうし》とも呼《よ》ばれ、天徳《てんとく》二年（958年）播磨国岸村《はりまのくにきしむら》（現在の兵庫県加古川市西神吉町岸）生《う》まれとも、民間陰陽《おんみょう》師《じ》集団の出身ともいわれています。

詳《くわ》しい情報《じょうほう》が残されていないのは本名や生年月日を他人に知られることを嫌《きら》う、「陰陽師《おんみょうじ》」という職業《しょくぎょう》のせいかもしれません。

悪役として描《えが》かれがちな道満《どうまん》ですが、地元に残る彼《かれ》の伝承《でんしょう》には人々のために力を尽《つ》くした僧侶《そうりょ》であり医師《いし》でもある道《どう》満《まん》の姿《すがた》が見られます。

加古川市の正岸寺《しょうがんじ》（道満《どうまん》の屋敷《やしき》があったとされる場所）の境内《けいだい》には道満《どうまん》が使っていたという井戸《いど》があり、この井戸《いど》の中に道満《どうまん》の式神が閉《と》じ込《こ》められていたという伝説があります。同じ敷地《しきち》内には地元の人々が蘆屋道満《あしやどうまん》への感謝《かんしゃ》を込《こ》めて建立《こんりゅう》した「道満碑《どうまんひ》」もあり、彼《かれ》が決して「悪」の面だけを持っていた人物ではないと教えてくれます。また東神吉町天下原には彼《かれ》の式神《しきがみ》がぶつかって傾《かたむ》いてしまったと伝わる「こけ地蔵《じぞう》」が大事に祀《まつ》られています。

■蘆屋道満《あしやどうまん》という男

「長櫃《ながびつ》の中は大柑子《おおこうじ》（大きなミカン）が十五だ！」

禁中南殿《きんちゅうなんでん》の中庭に、自信に満《み》ちた声が響《ひび》き渡《わた》ります。

墨染《すみぞめ》の衣《ころも》を身にまとった法師《ほうし》が、不遜《ふそん》とも思える笑《え》みを浮《う》かべて、集まった朝廷《ちょうてい》の重臣《じゅうしん》たちを睥睨《へいげい》しています。

「長櫃《ながびつ》の中身は鼠《ねずみ》が十五匹《ひき》」

黒衣《こくい》の男と対峙《たいじ》していた白い水干《すいかん》に烏帽子《えぼし》姿《すがた》の男性が静かに告《つ》げると、居並《いなら》ぶ者たちの間から不安と期待に満《み》ちたざわめきが波のように広がりました。

「なんと、二人の答えがこれほど違《ちが》うとは」

「いったい、どちらが当たっておるのじゃ」

「そんなもの、晴明《せいめい》に決まっておるわ」

「いやいやわからぬぞ。この者の術《じゅつ》もたいしたものよ」

ざわざわといつまでも止《や》むことのない騒《ざわ》めきに、黒衣《こくい》の男は鼻息荒《はないきあら》く催促《さいそく》します。

「さあ、答えは出たぞ。早う長櫃《ながびつ》のふたを開けて確かめてみよ。俺《おれ》の勝ちだ！」

白洲《しらす》の上に置かれた長櫃《ながびつ》の側《そば》に控《ひか》えていた役人が、まず目を向けたのは、南殿《なんでん》の庭に面した座敷《ざしき》の奥。

御簾《みす》の向こうに座《ざ》す帝《みかど》、次《つ》いで白洲《しらす》に静かに立っている水干姿《すいかんすがた》の男でした。

「開けよ」

御簾《みす》の奥からやんごとなき方の声が響《ひび》きます。

役人は震《ふる》える手を長櫃《ながびつ》のふたにかけると、思い切るように一気にふたを開きました。

その瞬間《しゅんかん》、勝利を確信していた黒衣《こくい》の男の表情が一変します。

開かれた長櫃《ながびつ》の中から鼠《ねずみ》が飛び出し、四方八方へと走り出したのです。

その数、十五匹《ひき》。

「おお、晴明《せいめい》が言った通り鼠《ねずみ》じゃ！　鼠《ねずみ》が十五匹《ひき》じゃ！」

南殿《なんでん》の中庭に、先ほどとは違《ちが》った騒《ざわ》めきが広がります。

「見事なり、晴明《せいめい》。双方《そうほう》とも素晴《すば》らしき技《わざ》の冴《さ》えであった」

御簾《みす》の奥から声をかけられて、白洲《しらす》の二人は膝《ひざ》をついて深く首を垂《た》れました。

「この勝負、安倍晴明《あべのせいめい》の勝ちということで良いな？」

こちらからその表情を窺《うかが》い知ることはできませんが、帝《みかど》の視線《しせん》が自分に注《そそ》がれていることはわかりました。黒衣《こくい》の男はさらに深く首を垂《た》れると、さっきまでの威勢《いせい》はどこへやら、神妙《しんみょう》な顔つきで応《こた》えます。

「ケチのつけようもなく、完膚《かんぷ》なきまでに俺《おれ》の負けでございます」

「うむ、元はといえば、そなたが言い出したことだ。これよりは安倍晴明《あべのせいめい》の弟子《でし》となり、研鑽《けんさん》に励《はげ》めよ、蘆屋道満《あしやどうまん》」

この蘆屋道満《あしやどうまん》という男、生国《しょうこく》は播磨国岸村《はりまのくにきしむら》、幼名《ようめい》は鬼童丸《きどうまる》と申《もう》しました。

生《う》まれつき呪術《じゅじゅつ》の才に恵《めぐ》まれ、実家にあった法道仙人《ほうどうせんにん》の教えを書き記《しる》した書物を密《ひそ》かに読み学び、また同郷《どうきょう》の智徳法師《ちとくほうし》の元で修行《しゅぎょう》をするなどして才能を磨《みが》いていきました。

夜な夜な式神を呼《よ》び出しては家を抜《ぬ》け出し、升田山古墳《ますだやまこふん》の石室《せきしつ》で勉学修行《しゅぎょう》したともいいます。

このように方術《ほうじゅつ》の知識や技《わざ》を習得《しゅうとく》していった鬼童丸《きどうまる》は名を「道満《どうまん》」と改《あらた》め、世に自分より秀《ひい》でた術者《じゅつしゃ》はいるまいと慢心《まんしん》するようになっていきました。

好き勝手に振《ふ》る舞《ま》う道満《どうまん》に土地の者たちも思うところがあったようですが、呪術《じゅじゅつ》の腕前《うでまえ》は確かであったので、誰《だれ》もが道満《どうまん》を恐《おそ》れ尊《とうと》んで、悪く言う者はありませんでした。

そんな時、道満《どうまん》の耳にある噂《うわさ》が聞こえてきました。

なんでも安倍晴明《あべのせいめい》という陰陽師《おんみょうじ》が帝《みかど》の御病気の原因をピタリと言い当て、褒美《ほうび》に官位を授《さず》かったというのです。

「この俺《おれ》を差し置いて、それほどの呪術《じゅじゅつ》の使い手があるとは到底《とうてい》思えない。一つ都へおもむいて、その生意気《なまいき》な陰陽師《おんみょうじ》の化《ば》けの皮《かわ》を剥《は》いでやろう」

このように考えた道満《どうまん》は一人都を目指しました。

都に到着《とうちゃく》した道満《どうまん》は、さっそく安倍晴明《あべのせいめい》の評判《ひょうばん》を聞いて回ることにしました。

「きっと話に尾鰭《おひれ》がついて、俺《おれ》の耳に入った時にはありもしない大袈裟《おおげさ》な話になっていたに違《ちが》いない」

と考えたからです。

しかしそんな道満《どうまん》の期待に反して、誰《だれ》に聞いても晴明《せいめい》を褒《ほ》め称《たた》える言葉しか返ってきません。

しかも話によれば晴明《せいめい》は、数日前から自分を訪《たず》ねて播磨国《はりまのくに》からやってくる者がいると告《つ》げていたようなのです。

心穏《おだ》やかでない道満《どうまん》が急いで晴明《せいめい》の屋敷《やしき》へ向かいますと、まるで今日やってくるのを知っていたかのように、もてなしの準備《じゅんび》が整えられ、彼《かれ》を驚《おどろ》かせました。

道満《どうまん》が晴明《せいめい》を訪《たず》ねてきた目的を明かすと、晴明《せいめい》はニッコリと笑って、

「よろしいでしょう。あなたのおっしゃる通りにいたしましょう」

と答えました。

「ならばいっそのこと、禁中《きんちゅう》の南殿《なんでん》（紫宸殿《ししんでん》）の庭で術比《じゅつくら》べをしようではないか。宮廷《きゅうてい》の重臣《じゅうしん》の方々を招《まね》いて評定《ひょうじょう》を頼《たの》み、負けた方が勝った方の弟子《でし》になるというのはどうか」

無茶ともいえる道満《どうまん》の提案《ていあん》にも晴明《せいめい》はうなずき、さっそく南殿《なんでん》の中庭を使わせてほしいと帝《みかど》に願い出ることになりました。

ほどなく帝《みかど》よりのお許《ゆる》しがあり、道満《どうまん》と晴明《せいめい》は並《なら》びいる貴《き》族《ぞく》たちの前で術比《じゅつくら》べを披露《ひろう》することになっ

たのでした。

道満《どうまん》が庭の小石を燕《つばめ》に変化させてみせれば、晴明《せいめい》はこれを扇《おうぎ》を一つ叩《たた》くだけで元に戻《もど》し、雲を呼《よ》び起こし竜《りゅう》を出現させて雨を降らせます。

雨を止ませようと躍起《やっき》になる道満《どうまん》でしたが、何をどうやっても雨を止めることができず、水はとうとう堀を越《こ》えて地面にあふれ、舟《ふね》を出さなければ動くこともできない有様です。

庭にいた役人たちに及んでは腰《こし》まで水に浸《つ》かって途方《とほう》に暮《く》れています。

辺《あた》りをぐるりと見回した晴明《せいめい》が念じると、たちまち雨は晴れ、あふれていたはずの水は跡形《あとかた》もなく消え去《さ》りました。

濡《ぬ》れ鼠《ねずみ》になったはずの人々は、自分たちがどこも濡《ぬ》れていないことに気がついてキョロキョロと衣服を改《あらた》めています。

「やめだ、やめだ！　これではいつまで経《た》っても決着はつかねぇ。こんな子供《こども》だましを続けていても意味はないだろう。お互《たが》いにいちばん得意な占《うらな》いで手っ取り早く決着をつけるとしようじゃないか。それとも高名な陰陽師《おんみょうじ》さまは、ぽっと出の田舎者《いなかもの》に負けるのが怖《こわ》いか？」

この道満《どうまん》の言葉を聞いて、晴明《せいめい》は開いた扇《おうぎ》をパチリと閉じて静かにうなずきました。

「それであなたの気が済《す》むなら、そのようにいたしましょう」

御簾《みす》の奥の人影《ひとかげ》がわずかに動き、側《そば》に控《ひか》えていた役人の一人が南殿《なんでん》の奥に消え、しばらくして漆塗《うるしぬ》りの長櫃《ながびつ》を抱《かか》えて戻《もど》ってまいりました。

「双方《そうほう》、この長櫃《ながびつ》の中身を占《うらな》いにて当ててみせよ」

庭の白砂《しらす》の上に長櫃《ながびつ》を置いた役人が二人に告《つ》げます。

にやりと笑った道満《どうまん》は素早《すばや》く印を結ぶと、長櫃《ながびつ》のふたに手を這《は》わせました。

「長櫃《ながびつ》の中は大柑子《おおこうじ》が十五だ！」

禁中南殿《きんちゅうなんでん》の中庭に、自信に満ちた声が響《ひび》き渡《わた》りました。

◆
◆
◆

「これ道満《どうまん》、サボっていないで働かぬか」

桜《さくら》の花びらが舞《ま》い散《ち》る庭園で、木の根元に寝転《ねころ》がっていた道満《どうまん》は呆《あき》れを含《ふく》んだ声で目を覚《さ》ましました。

「よぉ、御師匠《おししょう》さま。俺《おれ》一人が手伝わなかったからといって、何ということもなかろうよ」

大きく伸《の》びをして面倒《めんどう》くさそうに答えたのが蘆屋道満《あしやどうまん》。

宮中《きゅうちゅう》での術比《じゅつくら》べに負けて、安倍晴明《あべのせいめい》に弟子《でし》入りした男です。

「今日は花鎮《はなしず》めの日なのだから、しっかりと働いてもらわねば困《こま》る。たとえ不肖《ふしょう》の弟子《でし》でもな」

晴明《せいめい》が両手で抱《かか》えた羅盤《らばん》にも桜《さくら》の花びらが降り掛《か》かっています。

「お前も知っている通り、今年は雨が長く続いて日照が少ない。しかも追儺《ついな》が終わったばかりだというのに、桜《さくら》も時期を間違《まちが》えているようだ」

肌《はだ》に当たる風はまだ冷たく、本来であれば桜《さくら》の季節はまだまだ先の話。

なのにここ神泉苑《しんせんえん》の桜《さくら》は、すでに満開を迎《むか》えているのです。

このような異常《いじょう》が発生する年には、「アレ」がやってくるのがお決まりでした。

「疫病《えきびょう》か」

「そう、追儺《ついな》の儀《ぎ》式《しき》で祓《はら》い切れなかった疫鬼《えきき》が、さらに病災《びょうさい》を大きくするだろう。それを防《ふせ》ぐためにも、今日の花鎮《はなしず》めは大事なのだ」

追儺《ついな》は旧暦《きゅうれき》の大晦日《おおみそか》に疫鬼《えきき》を祓《はら》うための宮中儀式《きゅうちゅうぎしき》です。

一年を健《すこ》やかに暮《く》らすために都から追い払《はら》ったはずの病魔《びょうま》、疫鬼《えきき》が、猛威《もうい》をふるわんと都に戻《もど》ってこようとしているのです。

「いかに追儺《ついな》の儀式《ぎしき》でも、あんなものは宮中《きゅうちゅう》のお祭りと同じで形だけのもんだろう。お貴族《きぞく》さまたちの楽しみのためにやっている儀式《ぎしき》に効力《こうりょく》なんぞありはしないさ」

「道満《どうまん》、儀式《ぎしき》とは、その形が大事なのだよ」

いまだ寝転《ねころ》がっている道満《どうまん》を足の先で軽く蹴飛《けと》ばすと、晴明《せいめい》は羅盤《らばん》を抱《かか》えて歩き出します。

「お前がどう思っていたとしても、ここでわたしたちが疫鬼《えきき》を打ち漏《も》らせば、都中に疫病《えきびょう》が蔓延《まんえん》するぞ。

そうなれば被害《ひがい》をこうむるのは、なんの力も持っていない民草《たみくさ》たちだ」

そう言い放《はな》つ師匠《ししょう》の背中《せなか》に向かってやれやれと肩《かた》をすくめると、ようやく道満《どうまん》は立ち上がります。

「はいはい、仰《おお》せのままに、御師匠《おししょう》さま」

神泉苑《しんせんえん》の池の縁《ふち》に祭壇《さいだん》が組まれ、数々の幟旗《のぼりばた》と供物《くもつ》が並《なら》べられ、陰陽頭《おんみょうのかみ》が幣《へい》を振《ふ》って儀式《ぎしき》の開始を告《つ》げました。

朗々《ろうろう》と読み上げられる神々への奏上《そうじょう》を聞きながら、晴明《せいめい》も道満《どうまん》も空に舞《ま》い上がる桜《さくら》の花びらを凝視《ぎょうし》しております。

「来るぞ」

晴明《せいめい》が低くそう呟《つぶや》いた時です。

ひときわ強い風が吹《ふ》き、舞《ま》い上がった花びらが地上めがけて降り注《そそ》ぎました。

見鬼《けんき》の瞳《ひとみ》を持った陰陽師《おんみょうじ》たちには、花びらと共に地上へ降り立とうとする病魔《びょうま》、疫鬼《えきき》の姿《すがた》が見えています。

「来たれ　十二神将《しんしょう》　急急如律令《きゅうきゅうにょりつりょう》！」

先に動いたのは、やはり晴明《せいめい》です。

素早《すばや》く印を組むと、袖《そで》から懐紙《かいし》でつくった人形を取り出し、フッと息を吹《ふ》きかけて宙《ちゅう》へと飛ばしました。

「螣蛇《とうだ》、朱雀《すざく》、疫鬼《えきき》を焼き払《はら》え！」

人形は空中で甲冑《かっちゅう》を纏《まと》った神将《しんしょう》の姿《すがた》に変化し、炎《ほのお》をまとった刀と弓矢《ゆみや》を構《かま》えて疫鬼《えきき》を次々と打ち倒《たお》していきます。

「雷公《らいこう》　炎霊《えんれい》　来来《らいらい》!」

次に式神を放《はな》ったのは道満《どうまん》です。

「御師匠《おししょう》さまに遅《おく》れを取るわけにはいかんのでな。ここは一つ、派手《はで》に暴《あば》れてやろうじゃないか」

道満《どうまん》の声に導《みちび》かれて召喚《しょうかん》されたのは、イタチのような体に雷《かみなり》をまとった獣《けもの》と真っ赤なウロコを持ったヘビです。

「雷公《らいこう》・白眉《はくび》、疫鬼《えきき》どもを撃《う》ち落とせ。炎霊《さいれい》・羅伝《らでん》、地上に降りてきた奴《やつ》らを一匹《ぴき》残らず燃やし尽《つ》くせ!」

空中と地上で雷《かみなり》と炎《ほのお》が交錯《こうさく》し、この世のものとは思えない光景が繰《く》り広げられました。

「どうだ、御師匠《おししょう》さまよ。俺《おれ》一人でもなんとかできてしまいそうだぞ」

空を見つめて神将《しんしょう》を操《あやつ》る晴明《せいめい》に向かって道満《どうまん》が得意げに声をかけた時です。

晴明《せいめい》の使役《しえき》する式神・騰蛇《とうだ》が持つ炎《ほのお》の刃が、道満《どうまん》の体すれすれのところをかすめました。

「油断大敵《ゆだんたいてき》だぞ、弟子殿《でしどの》」

騰蛇《とうだ》の低い声にふりかえってみれば、道満《どうまん》に飛びかかろうとしていた疫鬼《えきき》がモロモロと崩《くず》れ消えてゆくところでした。

しかもその疫鬼《えきき》は一匹《ぴき》ではなく、数匹《ひき》がからみ合った醜《みにく》い姿《すがた》をしていました。

「ふん、あえて気づかぬふりをしておったのよ」

内心の動揺《どうよう》を隠《かく》しながら道満《どうまん》が毒《どく》づくと、螣蛇《とうだ》はフンと鼻を鳴らしてその場から離《はな》れていきました。

宙《ちゅう》を舞《ま》っていた花びらの最後の一枚《まい》が地面にたどり着く直前、朱雀《すざく》の放《はな》った一矢《いっし》が残った疫鬼《えきき》を貫《つらぬ》きました。

同時に陰陽頭《おんみょうのかみ》の奏上《そうじょう》が終わりました。

「花鎮《はなしず》めの儀《ぎ》、ここにつつがなく終わりましてございます」

静かに頭を垂《た》れる陰陽頭《おんみょうのかみ》と共に、晴明《せいめい》・道満《どうまん》の師弟《してい》も祭壇《さいだん》に向かって深々と一礼《いちれい》を捧《ささ》げ、花鎮《はなしず》めの儀《ぎ》式《しき》が完了《かんりょう》しました。

◆
◆
◆

「今日は一日、ご苦労だったな」

屋敷《やしき》に戻《もど》った晴明《せいめい》は、縁側《えんがわ》で寝転《ねころ》がっている道満《どうまん》に向かって酒瓶《さかびん》を振《ふ》ってみせました。

「いっしょに一杯《ぱい》どうだ?」

道満《どうまん》は閉じていた目を気だるげに開くと、さも面倒《めんどう》そうに体を起こしました。

「師匠《ししょう》に酒を注《そそ》いでもらうのも悪くねぇな」

手渡《てわた》された盃《さかずき》を差し出すと、晴明《せいめい》がそれを酒で満《み》たしていきます。

しばらくの間、二人は縁側《えんがわ》に座《すわ》り込《こ》んで黙《だま》って酒を酌《く》み交《か》わしました。

「なあ、御師匠《おししょう》さまよ」

先に口を開いたのは、どこか遠くを見ているような目をした道満《どうまん》でした。

「今日の花鎮《はなしず》めで都から追い出した疫鬼《えきき》は、一体どこへ向かうんだろうな？」

式神に用意させた酒肴《しゅこう》をつまみながら、晴明《せいめい》は物問いたげな視線《しせん》を弟子《でし》に向けました。

「今日のことだけじゃねぇ。追儺《ついな》の儀式《ぎしき》だってそうだ。ここに住んでる貴族《きぞく》さまたちは、自分たちがこの世のすべてだと思ってる。都の外にも国があって、そこにも人間が住んでるなんてこたぁ忘《わす》れちまってるんじゃねぇのか？」

ぐっと盃《さかずき》をあおった道満《どうまん》は、酒の勢《いきお》いのままに晴明《せいめい》に語りかけます。

「追儺《ついな》の儀式《ぎしき》ってのは、宮中《きゅうちゅう》から、ひいてはこの都から悪鬼《あっき》、疫鬼《えきき》を追い出す儀式《ぎしき》だ。じゃあ、都を追われた連中はどこへ行く？　なんの力もねぇ、民草《たみくさ》のところだ。俺《おれ》たちがやってることってのは、貴族《きぞく》連中に降りかかるはずだった災難《さいなん》を無辜《むこ》の民《たみ》に押《お》しつけてるだけなんじゃないのかね？　そのことを考えると、今回の花鎮《はなしず》めのことも素直《すなお》には喜べねぇんだよ」

普段《ふだん》はどこかしら皮肉めいた物言いをする道満《どうまん》が、めずらしく真剣《しんけん》な表情で話を続けます。

「御師匠《おししょう》さまはなんで宮仕《みやづか》えなんかを選んだんだ？　あんたほどの腕《うで》があれば、宮中《きゅうちゅう》なんかで働かなくったっていくらでもやっていけるだろうに。あんたが貴族《きぞく》連中のために働いてるってのが不思議でならねぇんだよ」

道満《どうまん》の問いを受けた晴明《せいめい》は、盃《さかずき》に酒を満《み》たすとポツリポツリと話しはじめました。

「存外《ぞんがい》、まともなことを考えておるのよなぁ、お前も」

クッと盃《さかずき》を干《ほ》し、晴明《せいめい》は少しだけ笑みを浮《う》かべて続けます。

「わたしは陰陽道《おんみょうどう》の研究がしたかったのだよ。だから陰陽寮《おんみょうりょう》へ入ったのだ。それがまさか、貴族《きぞく》お抱《かか》えの陰陽師《おんみょうじ》となるなど、それこそ考えたこともなかった」

「御師匠《おししょう》さまほどの才があっても、まだ学びたいことがあったのか?」

「道満《どうまん》よ、わたしは才能だけでは陰陽師《おんみょうじ》はやっていけないと思っているのだ。確かに才能は必要かもしれない。だが、それに胡座《あぐら》をかいているだけでは駄目《だめ》なんだ。才能の上に努力を積み重《かさ》ねていける者だけが、一流と呼《よ》ばれる者になると信じている。わたしの師匠《ししょう》がそうだったように」

そこまで話してから道満《どうまん》に視線《しせん》を向けます。

「わたしは知っているのだよ。お前が夜な夜な修練《しゅうれん》を重《かさ》ねていることを」

「ちっ、余計《よけい》なことを知らなくてもいいんだよ」

「おや、お前でも照《て》れることがあるのだね」

盃《さかずき》を持ったまま不貞腐《ふてくさ》れた道満《どうまん》に笑いかけると、晴明《せいめい》も同じように縁側《えんがわ》に寝転《ねころ》んでみせました。

「わたしが宮仕《みやづか》えをしているのは、中央から民《たみ》を助けるためだ。多くの民《たみ》を助けるには力がいる。それには中央にいるのがいちばんだ。そこから国々の民《たみ》を救《すく》うためにも、主上《しゅじょう》には貴族《きぞく》だけでなく広く目を向けてもらわねばならん。そのためには、誰《だれ》かがそれを主上《しゅじょう》に教えていかねばならんのだよ」

「面倒《めんどう》この上ないな」

「なぁに、お前にそれをやれとは言わんさ。お前は民《たみ》の側から救《すく》っていけば良い。そもそもお前に宮仕《みやづか》えは無理だろうしな」

「ふん、当たり前だ」

「わたしは都から、お前は人々の間から、やがてはそのようにして、この国を護《まも》っていければと考えておるよ」

そのまま二人は夜風に揺《ゆ》れる庭の草木の音を黙《だま》って聞いておりました。

「なぁ御師匠《おししょう》さまよ」

寝転《ねころ》がったまま、晴明《せいめい》の方を見もせずに道満《どうまん》が口を開きます。

「不思議なもんでなぁ。こうやってあんたといっしょになって。いろいろやってるのも、案外、悪くはねぇと思っているのさ」

「そうか」

こちらも道満《どうまん》を見もせず、晴明《せいめい》が答えます。

◆
◆
◆

ある年の九月のこと。

時の有力者・藤原道長《ふじわらのみちなが》の長女である中宮彰子《ちゅうぐうしょうし》が一条天皇《いちじょうてんのう》の御子である第二皇子《おうじ》の敦成親王《あつひらしんのう》をお産《う》みあそばされました。

晴明《せいめい》はその祝《いわ》いの席《せき》に招《まね》かれていたため、道満《どうまん》が代《か》わりに用事を言いつかっていたのですが、思いのほか手間を取られてしまい、帰路につく頃《ころ》にはすっかりと日が暮《く》れてしまっていました。

「さてさて、遅《おそ》くなってしまったわい。晴明《せいめい》の奴《やつ》め、この道満《どうまん》を使い走りにするとは」

幸《さいわ》いにも月の明るい晩《ばん》であったので、道満《どうまん》が明かりも持たずにテクテクと晴明《せいめい》の屋敷《やしき》に向かって歩いていますと、道の先に一台の牛車《ぎっしゃ》が停《と》まっているのが目に入りました。

どこぞのお貴族《きぞく》さまが女性《じょせい》の元にでも通《かよ》っているのだろうと、気にせず通り過《す》ぎようとしますと、牛車《ぎっしゃ》の影《かげ》から道満《どうまん》の名前を呼《よ》び止める声がします。

「隠《かく》れて人を呼《よ》びつけるとは、いけすかねぇヤツだな。俺《おれ》に用があるなら、姿《すがた》をあらわしやがれ」

道満《どうまん》の不機嫌《ふきげん》な声に牛車《ぎっしゃ》の影《かげ》から姿《すがた》をあらわしたのは、どこかの貴族《きぞく》に仕《つか》えている舎人《とねり》でした。

「あなたさまは蘆屋道満《あしやどうまん》さまでお間違《まちが》いないですな?」

「いかにも俺《おれ》が蘆屋道満《あしやどうまん》だが、そういうお前は何者なんだ？　まずは自分から名乗るのが道理というもんじゃねぇのか？」

貴族《きぞく》に仕《つか》える役人を前にしても態度《たいど》を崩《くず》すことなく、腕組《うでぐ》みをして相手を睨《にら》みつけています。

「自分はさる高貴《こうき》なお方に仕《つか》える者です。その方が、是非《ぜひ》に蘆屋道満《あしやどうまん》さまにお会いしたいとおっしゃっているのです。いっしょにおいで願えませんでしょうか？」

そんな道満《どうまん》の態度《たいど》にも怯《ひる》むことなく、舎人《とねり》は彼《かれ》に向かって頭を下げました。

様子から察するに、その「さる高貴《こうき》なお方」というのは牛車《ぎっしゃ》の中にいるのでしょう。

（こういうことをする連中ってのは、面倒《めんどう》で厄介《やっかい》な話しか持ってこねえんだがな）

そう考えはしましたが、わざわざ自分を名指ししてくる相手のことも気になります。

結局は好奇心《こうきしん》に負ける形で、道満《どうまん》は相手の誘《さそ》いを受けることにしました。

「ではどうぞ、車にお乗りください」

この言葉に、さすがの道満《どうまん》も驚《おどろ》いてしまいました。

「おいおい、こんな得体《えたい》の知れない陰陽師《おんみょうじ》を主人といっしょの車に乗せていいのか？」

「主《あるじ》がそのように望《のぞ》んでおりますので」

慇懃無礼《いんぎんぶれい》に頭を下げる相手に何を言っても無駄《むだ》だと思い、道満《どうまん》は深々とため息をつくと御簾《みす》をめくって牛車《ぎっしゃ》に乗り込《こ》みました。

それを確かめてからギイィ、ゴトゴトと重い音を響《ひび》かせて車が動き出します。

車の中には扇《おうぎ》で顔を隠《かく》した女御《にょうご》が一人。

顔を隠《かく》したまま、女御《にょうご》が声を発しました。

「あなたさまがかの有名な蘆屋道満《あしやどうまん》さまですね?」

「有名かどうかは存《ぞん》じませせぬが、わたしが蘆屋道満《あしやどうまん》でございます」

師匠《ししょう》である晴明《せいめい》が特に注力して矯正《きょうせい》したおかげで、ひと通りの礼儀《れいぎ》は身につけることのできた道満《どうまん》は、最大限の猫《ねこ》をかぶって返事をしました。

「わたくしが名乗る前に、これからする話は絶対《ぜったい》に秘密《ひみつ》にすると約束していただきたいのです」

女御《にょうご》の言葉を聞いた道満《どうまん》は、やれやれと肩《かた》をすくめます。

「我々《われわれ》のような者が依頼《いらい》された仕事の内容を、他《ほか》でペラペラとしゃべっていると思われているのであれば心外です。そのようなことをすれば、たちまち信用を失《うしな》って干上《ひあ》がってしまうでしょう」

道満《どうまん》は女御《にょうご》の方をじっと見て
「それでも信用ならぬと仰《おお》せなら、どうぞこのままお帰りください。わたしも何も聞かずに車を降りましょう」

と挑戦的《ちょうせんてき》な態度《たいど》で相手に畳《たた》みかけます。

「いえ、事が事ですので、少しばかり気が急《せ》いてしまったようです。わたくしの方がお呼《よ》びしたという

のに、無作法《ぶさほう》をいたしました。わたくしは高階成忠《たかしなのなりただ》の娘《むすめ》で、高階光子《たかしなのこうし》と申《もう》します。皇后定子《こうごうていし》さまの御子であらせられる敦康親王《あつやすしんのう》さまの乳母《うば》でございます」

女御《にょうご》の名乗りを聞いた瞬間《しゅんかん》、道満《どうまん》は牛車《ぎっしゃ》に乗り込《こ》んだことを激《はげ》しく後悔《こうかい》しました。

敦康親王《あつやすしんのう》は一条天皇《いちじょうてんのう》の第一皇子《おうじ》であり、長保二年（１０００年）に母、藤原定子《ふじわらのていし》が崩御《ほうぎょ》なされてからは中宮彰子《ちゅうぐうしょうし》が養《やしな》い親として面倒《めんどう》をみていると聞いていました。

親王《しんのう》の乳母《うば》と名乗った女御《にょうご》は、渋《しぶ》い顔をして腕《うで》を組む道満《どうまん》を無視《むし》して話を進めます。

「崩御《ほうぎょ》なされた定子《ていし》さまは、わたくしの姪《めい》にあたります。親王《しんのう》さまを大変にかわいがっておられ、いずれ親王《しんのう》さまが帝《みかど》の座《ざ》にお就《つ》きになるのをそれは楽しみにしておられました。それがかわいい盛りの親王《しんのう》さまを遺《のこ》して儚《はかな》くおなりになるとは、どれだけ無念なことだったでしょう」

光子《こうし》が涙ながらに語る内容は、正直、道満《どうまん》にとってはどうでもいいことでした。

「ところで道満《どうまん》さま、中宮彰子《ちゅうぐうしょうし》さまが親王《しんのう》さまをお産《う》みになられたことはご存《ぞん》じですか？」

「この都中で、それを知らぬ者はないのではないでしょうか」

光子《こうし》の問いかけに、道満《どうまん》は慎重《しんちょう》に答えます。

顔を隠《かく》す扇《おうぎ》の奥から、ギリッと歯軋《はぎし》りの音が聞こえてきました。

「定子《ていし》さまがいらっしゃったというのに、主上《しゅじょう》に取り入り、恥《は》ずかしげもなく女御宣旨《にょうごせんじ》を受けて中宮《ちゅうぐう》として入内《じゅだい》してきたばかりか、定子《ていし》さま亡《な》き後《あと》、敦康親王《あつやすしんのう》さまの養《やしな》い親になるなど、どこまでも厚《あつ》かましい小娘《こむすめ》が！」

よほどの激情《げきじょう》を抑《おさ》えているのか、扇《おうぎ》を握《にぎ》る手がブルブルと震《ふる》えています。

「それが親王《しんのう》さまを産《う》んだ。どれだけ定子《ていし》さまをないがしろにすれば気が済《す》むのじゃ！　どうせあの欲《よく》深《ぶか》な道長のことじゃ。これを幸いと敦康親王《あつやすしんのう》さまを差し置いて、自分の娘《むすめ》が産《う》んだ皇子《おうじ》を帝《みかど》の座《ざ》に就《つ》けようと企《くわだ》てるに違《ちが》いない。そうはさせるものか！」

道満《どうまん》がため息をついて内心で愚痴《ぐち》を吐《は》いたと同時に、光子《こうし》は視線《しせん》を彼《かれ》に戻《もど》しました。

扇《おうぎ》で隠《かく》れてはいるものの、その圧力の強さは道満《どうまん》の体を実際の重さをもって押《お》してくるほどです。

「道満《どうまん》さま、どうかお願いです。定子《ていし》さまのお産《う》みあそばされた敦康親王《あつやすしんのう》さまをないがしろにせんと企《くわだ》てる不届者《ふとどきもの》を退《しりぞ》け、親王《しんのう》さまが心安らかにお暮《く》らしになれるように、そして帝位《ていい》にお就《つ》きになる道を平《たい》らかにするために、どうぞわたくしにお力をお貸《か》しください。天文博士《てんもんはかせ》である、あの安倍晴明殿《あべのせいめいどの》のお弟《で》子《し》であるあなたさまのお力を」

「それはつまり？」

「ええ、あなたさまのお力で身《み》のほど知らずの中宮彰子《ちゅうぐうしょうし》と、その父である藤原道長《ふじわらのみちなが》を亡《な》き者にしていただきたいのです。そして敦康親王《あつやすしんのう》さまの将来《しょうらい》を脅《おびや》かす敦成親王《あつひらしんのう》を……」

「お断《ことわ》りします」

自分の言葉を遮《さえぎ》るように発せられた道満《どうまん》の返事に、光子《こうし》はとっさに「は？」と間の抜《ぬ》けた声を出すので精一杯《せいいっぱい》です。

「申《もう》し訳《わけ》ありません、道満《どうまん》さま。今なんとおっしゃいましたか？　もしかしてわたくしが聞き間違《まちが》えてしまったのでしょうか」

必死に散《ち》らばった威厳《いげん》をかき集めて問いかける光子《こうし》の声には、抑《おさ》え切れない不満と不安と怒《いか》りが含《ふく》まれているのがわかります。

「お断《ことわ》りしますと申《もう》し上げた」

道満《どうまん》は組んでいた腕《うで》をほどくと、御簾《みす》を叩《たた》いて従者《じゅうしゃ》に車を停《と》めるように合図を送りました。

「お話がそれだけでしたら、わたしは帰らせていただきます」

御簾《みす》を引き上げて牛車《ぎっしゃ》から降りようとする道満《どうまん》の背中《せなか》に、光子《こうし》の怒声《どせい》が突《つ》き刺《さ》さります。

「道満《どうまん》！　ここまで話を聞いておきながら、何事もなくこの場を去《さ》れるとでも思っているのか！」

「確かに陰陽師《おんみょうじ》という仕事柄《がら》、人さまに言えねぇようなこともしてきたさ。でもなぁ、俺《おれ》は抵抗《ていこう》もできない、生まれたばっかの赤《あか》ん坊《ぼう》を殺してくれなんて仕事は受けない。うちの御師匠《おししょう》さまみてぇにお貴族《きぞく》さまになんの思い入れもねぇしな」

全身を怒《いか》りでブルブルと震《ふる》わせ「下賤《げせん》な陰陽師《おんみょうじ》風情《ふぜい》が生意気《なまいき》に」と言う光子《こうし》に
「おい、乳母殿《うばどの》よ。あんたこそ、あんまり陰陽師《おんみょうじ》をなめんなよ。俺《おれ》は赤《あか》ん坊《ぼう》以外には優《やさ》しくないぜ。余《よ》計《けい》なことをしねぇで、大人《おとな》しくしてんのが一番じゃねぇのか？　あんたの親王《しんのう》さまが本当に帝《みかど》の器《うつわ》なら、誰《だれ》がなんと言おうと位《くらい》に就《つ》くだろうさ。もしもそうじゃなかったとしたら、そんだけの人間だったってことだ。資質《ししつ》のねぇヤツが権力《けんりょく》を握《にぎ》るほど、民草《たみくさ》にとっちゃ不幸なことはねぇんだからな」

言いたいことを言ってしまうと、道満《どうまん》は牛車《ぎっしゃ》から降りて夜の都路《みやこじ》を歩きはじめました。

「おのれ蘆屋道満《あしやどうまん》」

悔《くや》しさに唇《くちびる》を噛《か》んだ光子《こうし》が、車の脇《わき》に控《ひか》えていた警護《けいご》の者を呼《よ》びつけようとした時です。

手にしていた扇《おうぎ》が音を立てて火を吹《ふ》き、驚《おどろ》きのあまり息を飲んだ彼女《かのじょ》の目の前で燃え崩《くず》れました。

「お互《たが》い、余計《よけい》なことに力を割《さ》くのは得策《とくさく》ではないということさ」

月夜の闇《やみ》の中から、道満《どうまん》の声だけが響《ひび》いてくるのでした。

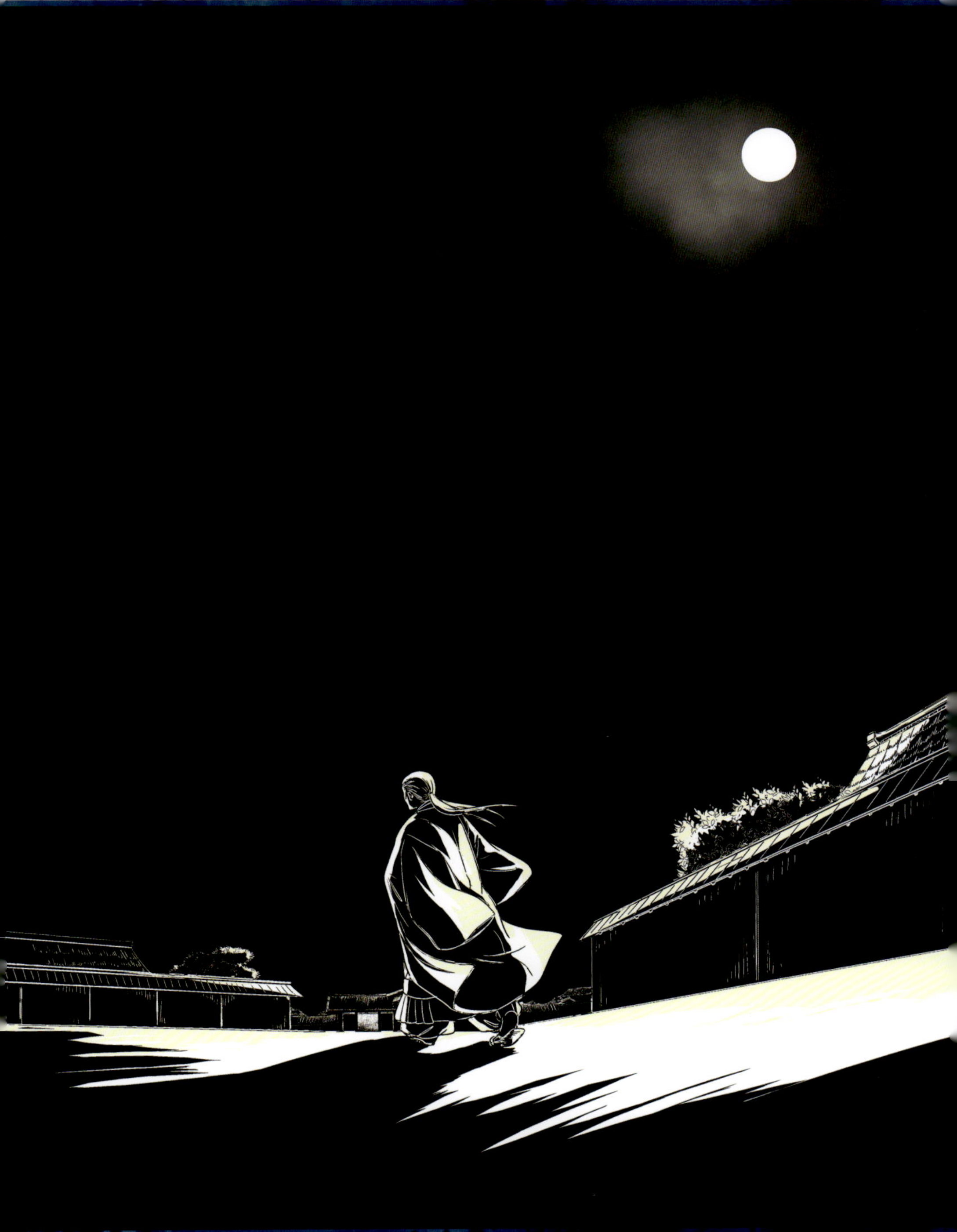

■道長《みちなが》と晴明《せいめい》と白い犬

時の権力者《けんりょくしゃ》である藤原道長《ふじわらのみちなが》が寺院へお参《まい》りに行ったおりの出来事です。

その頃《ころ》、道長《みちなが》は一匹《いっぴき》の真っ白な犬を飼《か》い「白王丸《はくおうまる》」と名付けて大変にかわいがっていました。

白王丸《はくおうまる》も道長《みちなが》によく懐《なつ》き、屋敷《やしき》の中はもちろん、どこへ行くにも主人について回るほどでした。

ある日、いつものように寺院へのお参《まい》りに向かおうと道長《みちなが》が屋敷《やしき》の門を出ると、準備《じゅんび》された牛車《ぎっしゃ》の脇《わき》に白王丸《はくおうまる》が控《ひか》えてシッポを振《ふ》っています。

「ハクよ、今日もよろしく頼《たの》むぞ」

道長《みちなが》が微笑《ほほえ》みながら声をかけると、白犬は立ち上がり、大きく一声吠《ほ》えて応《こた》えてみせました。

ガタゴトと揺《ゆ》れる牛車《ぎっしゃ》の御簾《みす》越《ご》しに見てみれば、車を曳《ひ》く牛の側《そば》をつかず離《はな》れず歩みを進める愛犬の姿《すがた》があります。

その姿《すがた》が頼《たの》もしいやらかわいいやらで、思わず「ふふっ」と笑いがこぼれてしまう道長《みちなが》なのでした。

やがて車の立てる音が変わり、目的地である寺院に到着《とうちゃく》したことがわかりました。

着物を整え、車を降《お》りようとした道長《みちなが》の耳に、興奮《こうふん》した白王丸《はくおうまる》が激《はげ》しく吠《ほ》え立てているのが聞こえてきます。

「一体、どうしたというのだ?」

踏《ふ》み台の上に用意された沓《くつ》に足を通しながら道長《みちなが》がお供《とも》の従者《じゅうしゃ》に問いかけると、従者《じゅうしゃ》は叱《しか》られるとでも思ったのか体を小さく縮《ちぢ》こまらせ、困《こま》り切った声でこう答えました。

「それが、わたしたちにもとんとわからないのですが、寺の門前で白王丸《はくおうまる》が騒《さわ》ぎ出し、誰《だれ》も門内へと入ることができないのでございます」

従者《じゅうしゃ》の言葉を聞いた道長《みちなが》が門前へ向かうと、たしかに白王丸《はくおうまる》が吠《ほ》え猛《たけ》り、誰《だれ》も門の中へ入れるものかと踏《ふ》ん張《ば》っている姿《すがた》がありました。

試《ため》しに道長公《みちながこう》が門をくぐろうと近づくと、まるで「それ以上先に行ってはいけない」と言うように、主人の着物の裾《すそ》に噛《か》みつき引き留《と》めようとします。

その様子にただならぬものを感じた道長《みちなが》は、床几《しょうぎ》（持ち運びできる椅子《いす》）を持ってこさせてそれに腰《こし》を下《お》ろし、

「陰陽師《おんみょうじ》、安倍晴明《あべのせいめい》をすぐにここへ」

とお命じになりました。

晴明《せいめい》が到着《とうちゃく》するのを待つ間も、白王丸《はくおうまる》は寺の門を睨《にら》みつけながら低く唸《うな》り、誰《だれ》も近寄《ちかよ》らせようとはしませんでした。

寺へやってきた安倍晴明《あべのせいめい》は、まず寺門へ目をやり、次に威嚇《いかく》を続けている白い犬へ目をやって笑ってみせました。

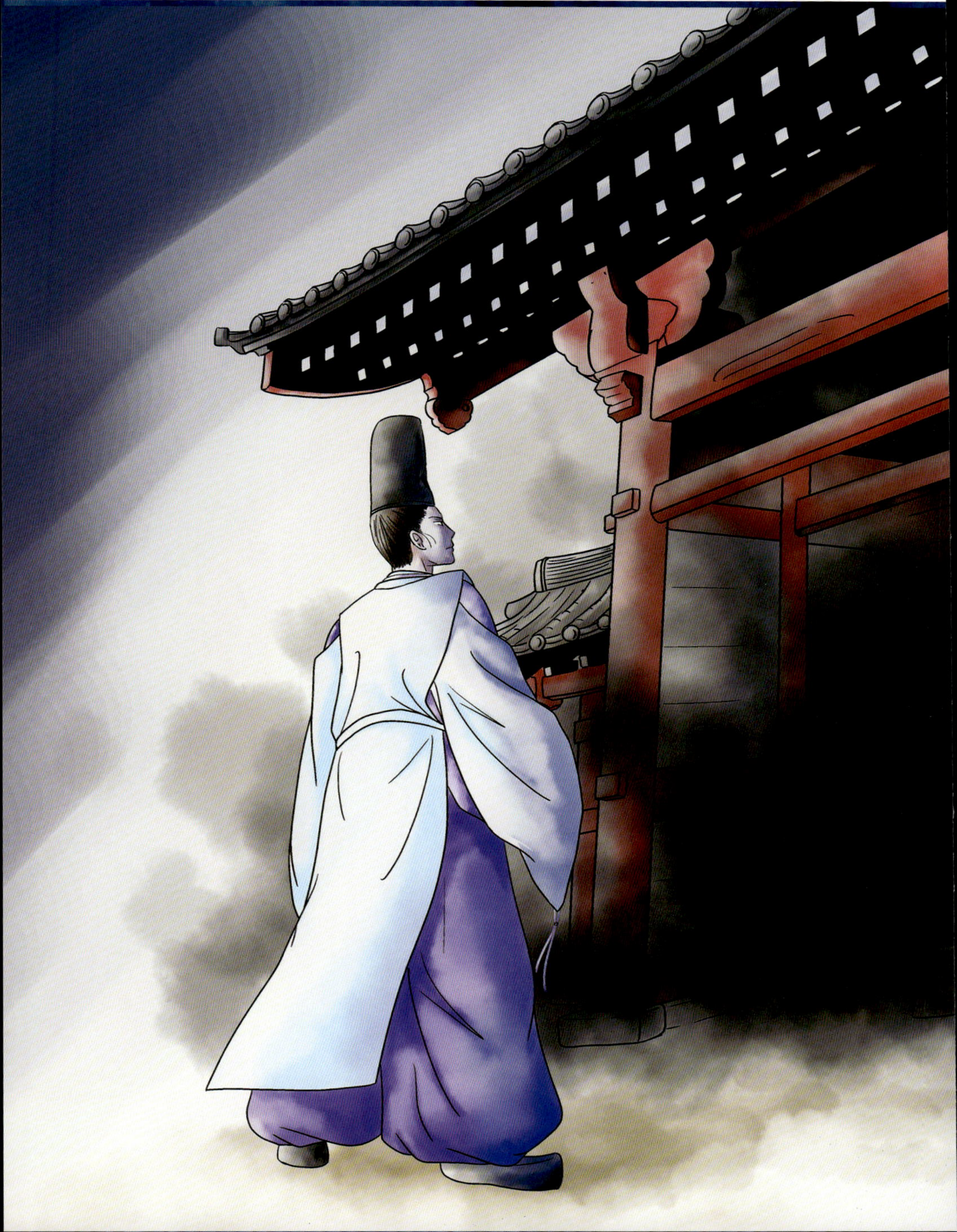

「道長殿《みちながどの》は誠《まこと》に運がおよろしい。このように懸命《けんめい》になって主人を守ろうとするとは、日頃《ひごろ》からよほど大事にされているのでしょう」

晴明《せいめい》の言葉を聞いた道長《みちなが》は満足そうに頷《うなず》くと、白王丸《はくおうまる》の首筋《くびすじ》を優《やさ》しくなでながら、

「ハクがこのように行く先を拒《こば》むからには、相応《そうおう》の理由があると思ってな。念のためにそなたを呼《よ》びに行かせた次第《しだい》じゃ」

白王丸《はくおうまる》は晴明《せいめい》のことがわかるのか、先《さき》ほどまで牙《きば》をむき出して唸《うな》っていたのとは、打って変わったように静かに陰陽師《おんみょうじ》を見上げています。

「して晴明《せいめい》よ。どのようなことになっておるのか、そなたにはすでにわかっておるのであろう?」

早く話を聞かせろと急《せ》かす道長《みちなが》に苦笑《くしょう》すると、門の前まで進み出て目を閉じ、深く考え込《こ》んでから語りはじめました。

「この場所には道長殿《みちながどの》を害せんと、呪詛《じゅそ》を込《こ》めた厭術《えんじゅつ》が施《ほどこ》されております。道長殿《みちながどの》が知らずこの門を越《こ》えれば、必ずや何らかの災《わざわ》いが降りかかっていたことでしょう。しかし幸いにも道長殿《みちながどの》の運気が相手を上回ってらっしゃるので、御犬が吠《ほ》えてそれを明らかにしたのです。古来、犬には小神通が備《そな》わっているといわれております。また白い犬は神の使いとも申《もう》しますので」

そうして袖《そで》で隠《かく》して素早《すばや》く印を結びながら、何事かを口の中で低く呟《つぶや》きます。

「ではみなさま、この場所を掘《ほ》り返してみてください。きっと厭術《えんじゅつ》を込《こ》めた呪物《じゅぶつ》が出てくるはずです。

ああ、心配には及《およ》びません。呪詛《じゅそ》は祓《はら》ってしまいましたので、何が出てきてもみなさまに害はありませんから」

ギョッとして尻込《しりご》みする従者《じゅうしゃ》たちは、続けられた晴明《せいめい》の言葉に安心したように指示《しじ》された場所を掘《ほ》りはじめました。

待つことしばし。カツンという固い物にぶつかった音がして、従者《じゅうしゃ》たちが口々に「あったぞ」「これに違《ちが》いない」と騒《さわ》ぎながら、手のひら大の物を掘《ほ》り出します。

渡《わた》されたのは二つの土器を打ち合わせ、黄色い紙縒《こよ》りで十文字に結び合わせた物体です。

呪物《じゅぶつ》をしげしげと観察した晴明《せいめい》は、

「この呪物《じゅぶつ》は特別なもので、今の世で知っているのはわたしの他《ほか》にはいないでしょう。しかし、もしかすると蘆屋道満《あしやどうまん》ならば、このような物をつくる技《わざ》を持っているかもしれません。いずれ誰《だれ》の仕業《しわざ》なのかはっきりさせることにいたしましょう」

と道長《みちなが》に告《つ》げ、懐《ふところ》から取り出した五芒星《ごぼうせい》の描《えが》かれた懐紙《かいし》に向かって印を結び、呪文《じゅもん》を唱《とな》えてフッと息を吹《ふ》きかけると懐紙《かいし》を空中に放《ほう》り投げました。

すると懐紙《かいし》はたちまち白い鳥に姿《すがた》を変え、南の方角へと飛び立ちます。

「あの鳥を追ってください。あれが落ちて留《と》まる場所に術者《じゅつしゃ》がいるでしょう」

道長公《みちながこう》の従者《じゅうしゃ》二人と晴明《せいめい》が白い鳥を追いかけていくと、六条坊門小路《ろくじょうぼうもんこうじ》と万里小路《までのこうじ》の交差する辺《あた》り、河

原院の古い邸宅《ていたく》の上で急に鳥の動きがおかしくなりました。

どこからともなくあらわれた数羽《わ》の烏《からす》が晴明《せいめい》の白い鳥に襲《おそ》いかかり、空中で団子状《だんごじょう》になっていたかと思えた鳥たちは、みなが見ている目の前でパッと燃《も》え上がり落ちていきました。

「晴明殿《せいめいどの》の放《はな》った式神が燃《も》えてしまったぞ！」

「これは何としたことだ！」

慌《あわ》てふためく道長《みちなが》の従者《じゅうしゃ》たちに、晴明《せいめい》は静かにこう告《つ》げました。

「案ずることはありません。あの烏《からす》は蘆屋道満《あしやどうまん》の式でしょう。わたしが式を飛ばしたのを知って、わざとあのようにしてみせたのです」

鳥たちが落ちた場所へ向かうと、そこには燃《も》えて焼け焦《こ》げた数枚《まい》の懐紙《かいし》が散《ち》らばっており、すぐ側《そば》にすり切れた黒の衣《ころも》を着た男が一人立っておりました。

唇《くちびる》をゆがめて笑う黒衣《こくい》の男に従者《じゅうしゃ》たちは詰《つ》め寄《よ》りました。

「お前が道長《みちなが》さまを呪《のろ》った張本人《ちょうほんにん》か⁉」

「おとなしく縛《ばく》につくがいい！」

「あぁ、やかましい……。これではまともに話もできぬわい」

道満《どうまん》がザリッと足元の砂《すな》を鳴らし、パンッと両手を叩《たた》き合わせると、従者《じゅうしゃ》たちの動きがピタリと止まってしまいました。

指一本動かせず、うめき声一つ立てることもできないのです。

「あらかじめ『影縫《かげぬ》い』の陣《じん》を張《は》っておくとは、さすがは道満《どうまん》といったところか。鮮《あざ》やかな手並《てな》みよな」

安倍晴明《あべのせいめい》が感心したように呟《つぶや》くと、

「日《ひ》の本《もと》一の呪力《じゅりょく》をお持ちの陰陽博士殿《おんみょうはかせどの》が何をおっしゃるやら。このような子供《こども》だましの方術《ほうじゅつ》など、瞬《まばた》き一つで吹《ふ》き飛ばしてしまえるだろうに」

道満《どうまん》も腕組《うでぐ》みをして言葉を返します。

二人とも口調こそ穏《おだ》やかですが、周囲にはチリチリと音がするほどの緊張感《きんちょうかん》が漂《ただよ》っています。

動くこともできない従者《じゅうしゃ》たちは、ただ冷《ひ》や汗《あせ》を流しながら震《ふる》えるしかありません。

その緊張《きんちょう》を先に解《と》いたのは、意外なことに道満《どうまん》の方でした。

彼《かれ》が組んでいた腕《うで》をほどくと、只人《ただびと》である従者《じゅうしゃ》たちにもはっきりとわかるほど、空気が変わりました。

知らず詰《つ》めていた息を吐《は》くと、いつの間にやら体も動くようになっております。

「さて御家来方《ごけらいかた》。わたしはこの道満《どうまん》にいくつか確《たし》かめねばならないことがあります。しばらくの間、二人にしていただきたい」

晴明《せいめい》の言葉を聞いた従者《じゅうしゃ》たちは渋《しぶ》りますが、道満《どうまん》が「話が終わったら必ず道長《みちなが》の前に出向く」と約束したのでその場を譲《ゆず》りました。

二人は並《なら》んで歩きながら従者《じゅうしゃ》たちと距離《きょり》をとると、念のために周囲に結界を張《は》りました。

「ずいぶんと念入りなことだな」

「呪詛《じゅそ》に関わる話をするのだからな。慎重《しんちょう》にもなろうというものだ」

懐《ふところ》に手を入れた晴明《せいめい》は布《ぬの》に包まれた物を取り出し、道満《どうまん》に差し出しました。

「まずはこの呪物《じゅぶつ》に見覚《みおぼ》えがあるか教えてほしい」

布《ぬの》をめくると中からは、先刻《せんこく》、門前から掘《ほ》り出した土皿が姿《すがた》をあらわしました。

道満《どうまん》が紙縒《こよ》りに指を這《は》わせると、モロモロと崩《くず》れて消え去《さ》り、しっかりと合わさっていた土皿の縁《ふち》がずれて開きます。

陽光の下《もと》にさらされた土皿の中には何も入っておらず、皿の内側に朱墨《しゅずみ》で一文字書きつけてあるだけでした。

「ふむ。確《たし》かにこれは俺《おれ》のつくった物だが・・・・・・しかし俺《おれ》のつくった物ではないな」

まるで謎掛《なぞか》けのような言葉に晴明《せいめい》が詳しい説明を求めると、

「そもそも俺《おれ》が頼《たの》まれてつくったのは、井戸《いど》の神を祀《まつ》るためのものだ。屋敷《やしき》の井戸《いど》が涸《か》れかけているので、水神を鎮《しず》めるための呪物《じゅぶつ》がほしいと言われてな。だがこれは、俺《おれ》がつくった『ガワ』だけを使って中身は別の呪法《じゅほう》に塗《ぬ》り替《か》えられている。見てみろ、俺《おれ》が書き込《こ》んだ呪言《じゅごん》の部分を削《けず》り取って、新たに呪《じゅ》言《ごん》を上書きしているのだ」

土皿の内側に指を滑《すべ》らせてみると、なるほど道満《どうまん》が言うように鋭利《えいり》な刃物《はもの》で削《けず》り取られた感触《かんしょく》がしま

す。

「これを上書きした奴《やつ》は、それなりに知識《ちしき》も技《わざ》もあるようだな。術《じゅつ》が見破られた時に、この俺《おれ》が呪物《じゅぶつ》を作った張本人《ちょうほんにん》だと知れるように痕跡《こんせき》を残してある。現にこうやって陰陽博士殿《おんみょうはかせどの》が俺《おれ》の元へやってきたわけだしな」

「この呪法《じゅほう》に関しては、わたしとお主《ぬし》くらいしか知る者はおらぬと思っておったのだが……。どうやらわたしも知らず驕《おご》っていたらしい」

二人の間に沈黙《ちんもく》が流れました。

「聞かんのか、俺《おれ》にこれをつくらせた者のことを」

「聞かねばなるまいな。わたしも道長殿《みちながどの》に事の次第《しだい》をお伝えせねばならぬゆえな。たとえ、術《じゅつ》の上書きを施《ほどこ》した者が、すでにこの世にはいないとしても、だ」

「ほう、何故《なぜ》そう思う?」

「水の神、特に井戸《いど》の神は気が荒《あら》い。お主《ぬし》が井戸《いど》の神を鎮《しず》めるためにこれをつくったというのなら、封《ふう》じられていた神もそれなりに力の強い存在《そんざい》であろう。それを無理やりにこじ開けてつくり替《か》えたのだ。怒《いか》りに触《ふ》れた術者《じゅつしゃ》が無事であるとは考えにくい」

もはや無用の長物となった二枚《まい》の土皿を手の中で弄《もてあそ》びながら、道満《どうまん》がニヤリと笑います。

「然《しか》り然《しか》り。俺《おれ》がこの皿の間に仕込《しこ》んでいたのは、まだ年若《としわか》い龍《りゅう》の神気よ。丁寧《ていねい》に願い奉《たてまつ》って招《まね》いたものを、向こうは無遠慮《ぶえんりょ》にこじ開けたのだろうよ。まったく怖《こわ》いもの知らずだ」

意地の悪い笑《え》みを浮《う》かべて語る道満《どうまん》に晴明《せいめい》が尋《たず》ねます。

「これをつくるようにお主《ぬし》に頼《たの》みに来たというのは、一体誰《だれ》なのだ?」

「ふむ。この蘆屋道満《あしやどうまん》をコケにしてくれたのだ。義理立《ぎりだ》てする必要もあるまい。これを俺《おれ》につくるように頼《たの》みに来たのは、藤原顕光《ふじわらのあきみつ》の家の者よ」

道満《どうまん》の口から出た名前に、晴明《せいめい》は少しだけ顔をしかめました。

「左大臣殿《さだいじんどの》か。しかも顕光殿《あきみつどの》といえば、道長殿《みちながどの》の従兄《いとこ》ではないか」

「その通り、かの有名な『まぬけの左大臣殿《さだいじんどの》』よ」

この藤原顕光《ふじわらのあきみつ》という人物は、関白《かんぱく》・藤原兼通公《ふじわらのかねみちこう》の息子で道長公《みちながこう》の従兄《いとこ》にあたります。

順調に昇進《しょうしん》していきますが、父・兼通公《かねみちこう》の死後、叔父《おじ》の兼家公《かねいえこう》とその息子である道長公《みちながこう》に実権《じっけん》を奪《うば》われて「形ばかりの左大臣《さだいじん》」と陰口《かげぐち》を叩《たた》かれていました。

政《まつりごと》の才に恵《めぐ》まれなかったようで、さまざまなところで失態《しったい》を重《かさ》ねては朝廷《ちょうてい》内で嘲笑《ちょうしょう》の的《まと》となっていたことから「無能者」「まぬけの左大臣《さだいじん》」とも呼《よ》ばれていたのです。

「道長殿《みちながどの》の栄華《えいが》がよほど気に入らぬとみえる。強すぎる光の落とす影《かげ》は濃《こ》く深く、光に当てられてフラフラと集まるモノは良きモノばかりではないという見事な実例だな」

「藤原《ふじわら》一門の中でも冷遇《れいぐう》されている顕光公《あきみつこう》からすれば、己《おのれ》の人生がうまくゆかぬのはすべて道長殿《みちながどの》がいるためだと思い込《こ》むのも無理からぬことだが……。呪詛《じゅそ》を行ったとなれば捨《す》て置くわけにもいかん。難《なん》儀《ぎ》なことよ」

「まぬけの左大臣殿《さだいじんどの》の心配か、哀《あわ》れみか？　いずれにせよ、自分の人生がうまくいかぬ原因《げんいん》を他人のせいにする時点でお察しよ。自業自得《じごうじとく》というものだ。これを哀《あわ》れむとは晴明《せいめい》、お前も宮仕《みやづか》えの愚《おろ》か者《もの》の仲間入りか？」

腕組《うでぐ》みをして道満《どうまん》がフフンッと鼻で笑ってみせたあと、急に真剣《しんけん》な顔になって晴明《せいめい》に話しかけました。

「どうだ、安倍晴明《あべのせいめい》よ。つまらぬ宮仕《みやづか》えなどやめて、俺《おれ》といっしょに来ないか。お前ほどの男が貴族《きぞく》連中の機嫌《きげん》をうかがっている必要はあるまい。もっと自由になったらどうだ」

蘆屋道満《あしやどうまん》の真面目《まじめ》な物言いに、晴明《せいめい》も同じく真面目《まじめ》に言葉を返しました。

「お主《ぬし》のような生き方に憧《あこが》れないわけではないがな。これはこれで気に入っているのだ。だがお主《ぬし》が誘《さそ》ってくれたことは忘《わす》れんよ」

道満《どうまん》は肩《かた》をすくめて、

「やれやれ、つまらん男だ」

と首を振《ふ》りました。

そして、晴明《せいめい》と道満《どうまん》は従者《じゅうしゃ》たちを引き連れて道長《みちなが》の屋敷《やしき》まで戻《もど》り、一連の事件《じけん》についての詳《くわ》しい報告《ほうこく》をしたのでした。

道長《みちなが》の命を救《すく》った白王丸《はくおうまる》は、その後も主人に大事にされて幸せに暮《く》らしたということです。

藤原道長《ふじわらのみちなが》

平安時代中期に活躍《かつやく》した公卿《くぎょう》で、藤原北家《ふじわらほっけ》、摂政《せっしょう》・関白《かんぱく》・太政大臣《だいじょうだいじん》・藤原兼家《ふじわらのかねいえ》の五男として誕生《たんじょう》しました。兄弟《きょうだい》の多さから政治の表舞台《おもてぶたい》に立つことはないだろうと思われていましたが、父親である兼家《かねいえ》の跡《あと》を継《つ》いで摂政《せっしょう》となった兄の道隆《みちたか》が大量の飲酒によって糖尿病《とうにょうびょう》を発症《はっしょう》し、続く三男の道兼《みちかね》が伝染病《でんせんびょう》にかかって亡《な》くなったことで、道長《みちなが》の名前が急浮上《ふじょう》してきました。道隆《みちたか》の息子・伊周《これちか》との後継者《こうけいしゃ》争いに勝利し、左大臣《さだいじん》の職《しょく》に就《つ》いた道長《みちなが》はその手腕《しゅわん》によって宮中《きゅうちゅう》を掌《しょう》握《あく》することに成功しました。

円融天皇《えんゆうてんのう》、花山天皇《かざんてんのう》、一条天皇《いちじょうてんのう》、三条天皇《さんじょうてんのう》、後一条天皇《ごいちじょうてんのう》に仕《つか》え、自分の娘《むすめ》を次々と入内《じゅだい》させて権力《けんりょく》を拡大《かくだい》させたことでも有名です。

藤原顕光《ふじわらのあきみつ》

藤原道長《ふじわらのみちなが》の従兄《いとこ》にあたる人物で、左大臣《さだいじん》の職《しょく》に就《つ》いていました。父親の藤原兼通《ふじわらのかねみち》が関白《かんぱく》になると共に昇進《しょうしん》して公卿《くぎょう》に名前を連《つら》ねましたが、兼通《かねみち》が亡《な》くなると叔父《おじ》である兼家《かねいえ》とその息子の道長《みちなが》に実権《じっけん》を奪《うば》われてしまいます。

政治に関わる才能はあまりなかったようで、権大納言《ごんだいなごん》に昇進《しょうしん》しますが、実力の伴《ともな》わない肩書《かたがき》へのプレッシャーからか、さまざまな場面で失敗《しっぱい》を繰《く》り返してしまったため朝廷《ちょうてい》の式典や制度、行事などをとりまとめる研究者・藤原実資《ふじわらのさねすけ》の日記『小右記《しょうゆうき》』では「出仕《しゅっし》以来、万人に嘲笑《ちょうしょう》されている」などという記述《きじゅつ》が残されています。

陰陽師《おんみょうじ》

狩衣《かりぎぬ》に立烏帽子《たてえぼし》、袴《はかま》、扇《おうぎ》とおなじみの装束《しょうぞく》に身を包んだ謎《なぞ》多き職業《しょくぎょう》、陰陽師《おんみょうじ》。実際には天皇《てんのう》の補佐《ほさ》や朝廷《ちょうてい》に関する職務《しょくむ》の全般《ぜんぱん》に関わる「中務省《なかつかさしょう》」に所属《しょぞく》する公務員《こうむいん》のような立ち位置となります。中国より渡来《とらい》した「陰陽五行思想《いんようごぎょうしそう》」に基《もと》づき、天文学《てんもんがく》・暦学《れきがく》・易学《えきがく》・漏刻《ろうこく》（時計）などを管理すると共に、吉凶《きっきょう》を占《うらな》う式占《しきせん》も司《つかさど》っていました。

もともとが「技能《ぎのう》者集団」であった陰陽師《おんみょうじ》が脚光《きゃっこう》を浴《あ》びるようになったきっかけは、桓武天皇《かんむてんのう》による長岡京から平安京への遷都《せんと》（都を移すこと）です。その頃《ころ》、都では疫病《えきびょう》や災害《さいがい》などといった凶事《きょうじ》が頻発《ひんぱつ》し、天皇《てんのう》を中心に悪霊退散《あくりょうたいさん》を求める呪術《じゅじゅつ》への期待が高まっていました。そのために密教《みっきょう》や道教、宿曜道《すくようどう》（星の動きから吉凶《きっきょう》を判断《はんだん》する占星術《せんせいじゅつ》）、古神道など多様性に富《と》んだ陰陽道《おんみょうどう》が注目を集めるようになっていったのです。

さらに貴族《きぞく》たちによる権力《けんりょく》争いが激《はげ》しくなってくると、政敵《せいてき》を蹴《け》落とすために罪《つみ》を捏造《ねつぞう》したり、誹謗中傷《ひぼうちゅうしょう》のために陰陽師《おんみょうじ》を利用するようになっていきました。時の権力《けんりょく》者たちは自分の身を守るため、こぞって陰陽師《おんみょうじ》を抱《かか》え込《こ》むようになりました。そのために陰陽師《おんみょうじ》を統括《とうかつ》する陰陽寮《おんみょうりょう》は完全に機能を失《うしな》い、朝廷《ちょうてい》内で宗教的《しゅうきょうてき》な呪術《じゅじゅつ》や祭祀《さいし》を行《おこな》うオカルト的な性格《せいかく》を持つようになっていったのです。

◆陰陽寮《おんみょうりょう》

陰陽師《おんみょうじ》たちが所属《しょぞく》する中務省《なかつかさしょう》に設《もう》けられた部署《ぶしょ》です。四つの部門に分けられ、それぞれが専門知識《せんもんちしき》を学んでいました。

◆**天文道《てんもんどう》【天文博士《てんもんはかせ》：1名／天文生《てんもんしょう》：10名／得業生《とくごうしょう》：2〜3名】**

天文《てんもん》観測を主《おも》な仕事とし、「異変《いへん》があればすぐさま部外に漏《も》れぬようにこれを密封《みっぷう》」して直接天皇《てんのう》へ奏上《そうじょう》されました。陰陽諸道《おんみょうしょどう》の中で取得が一番難《むずか》しいとされ、他《ほか》の博士《はかせ》よりも官位が高く「正七位《しょうしちい》の下《げ》」とされています。

◆**陰陽道《おんみょうどう》【陰陽博士《おんみょうはかせ》：1名／陰陽生《おんみょうしょう》：10名／得業生《とくごうしょう》：2〜3名／陰陽師《おんみょうじ》：6名】**

陰陽道《おんみょうどう》の技術《ぎじゅつ》を教授《きょうじゅ》・研究する部署《ぶしょ》。必要に応《おう》じて占筮《せんぜい》（筮竹《ぜいちく》を使って行《おこな》う占《うらな》い）や地相の吉凶《きっきょう》を占《うらな》う専門職《せんもんしょく》です。

天文博士《てんもんはかせ》と同様に陰陽博士《おんみょうはかせ》も「正七位《しょうなない》の下《げ》」に設定され、陰陽師《おんみょうじ》はその下の「従七位《じゅしちい》の上《じょう》」となります。

◆**暦道《れきどう》【暦博士《れきはかせ》：1名／暦生《れきしょう》：10名／得業生《とくごうしょう》：2〜3名】**

暦《こよみ》の作成・編集《へんしゅう》・管理を担当《たんとう》する部署《ぶしょ》です。作成された暦《こよみ》は中務省《なかつかさしょう》を通して天皇《てんのう》に奏上《そうじょう》されて後《のち》、各所へ下賜《かし》されました。暦博士《れきはかせ》の位は「従七位《じゅしちい》の上《じょう》」とされています。

◆**漏刻《ろうこく》【漏刻博士《るこくはかせ》：2名／守辰丁《しゅしんちょう》：20名】**

時計・時間管理の部署《ぶしょ》。水時計（漏刻《ろうこく》）の設定や管理を仕事としています。守辰丁《しゅしんちょう》と呼《よ》ばれる実務担当《じつむたんとう》者が水時計の目盛《めも》りを読んで時刻《じこく》を管理していました。毎時ごとに太鼓《たいこ》や鐘《かね》を鳴らして時報を知らせる職務《しょくむ》で、二交代《こうたい》制のために他《ほか》の部署《ぶしょ》の倍の人数が配置されています。

官位は四部署《ぶしょ》の中で一番低く「従七位《じゅしちい》の下《げ》」となっています。

◆陰陽頭《おんみょうのかみ》【1名】

陰陽寮《おんみょうりょう》全体を指揮《しき》する長官です。

陰陽頭《おんみょうのかみ》の下には補佐業務《ほさぎょうむ》を行う陰陽助《おんみょうのすけ》、書類の審査《しんさ》など陰陽寮全般《おんみょうりょうぜんぱん》の事務《じむ》管理を行う陰陽允《おんみょうのじょう》、公文書の読み上げや記録などを行う陰陽大属《おんみょうのたいぞく》、その補佐《ほさ》をする陰陽少属《おんみょうのしょうぞく》が各一名ずつ配置されました。

◆厭術《えんじゅつ》

人を害しようとするまじないで、この場合は「呪詛《じゅそ》」を指《さ》します。

式神《しきがみ》

陰陽師《おんみょうじ》が使役《しえき》する鬼神《きしん》のことで、「識神《しきがみ》」や「式令《しきれい》」とも呼《よ》ばれます。

特に安倍晴明《あべのせいめい》が使役《しえき》したとされている「十二天将《てんしょう》」が有名です。それぞれの名前は晴明《せいめい》が得意とした「六壬《りくじん》式《しき》」と呼《よ》ばれる占《うらな》いに使用される天地盤《ばん》に記《しる》された星座《せいざ》や星の名前を起源《きげん》としています。

晴明《せいめい》は自分の屋敷《やしき》の雑用《ざつよう》に式神を使役《しえき》していたといわれていますが、彼《かれ》の妻《つま》はこれを怖《こわ》がり、ついには屋敷《やしき》を出て行ってしまいます。困《こま》り果《は》てた晴明《せいめい》は式神を一条戻橋《いちじょうもどりばし》の下に隠《かく》し、必要な時にだけ呼《よ》び出していたという逸《いつ》話《わ》が残されています。

◆騰蛇《とうだ》

五行は火、吉凶《きっきょう》は凶《きょう》の相《そう》。陰《いん》の質《しつ》にして南東を司《つかさど》る。季節は夏。

中国の蛇神《じゃしん》で驚《おどろ》きや恐怖《きょうふ》・邪悪《じゃあく》などを表す。

◆朱雀《すざく》

五行は火、吉凶《きっきょう》は凶《きょう》の相《そう》。陽《よう》の質《しつ》にして南を司《つかさど》る。季節は夏。
四神では南の守護者《しゅごしゃ》で知識《ちしき》や教育、派手《はで》などを表す。

◆六合《りくごう》

五行は木、吉凶《きっきょう》は凶《きょう》の相《そう》。陰《いん》の質《しつ》にして東を司《つかさど》る。季節は春。
調和を司《つかさど》る神で、和合《わごう》、婚姻《こんいん》、隠《かく》し事などを表す。

◆勾陳《こうちん》

五行は土、吉凶《きっきょう》は凶《きょう》の相《そう》。陽《よう》の質《しつ》にして南東を司《つかさど》る。季節は土用。
戦術《せんじゅつ》や訴訟《そしょう》などの争い、努力、愚直《ぐちょく》を表す。

◆青龍《せいりゅう》

五行は木、吉凶《きっきょう》は吉《きち》の相《そう》。陽《よう》の質《しつ》にして北東を司《つかさど》る。季節は春。
四神では東の守護者《しゅごしゃ》で、活力、富《とみ》、慶事《けいじ》などを表す。

◆貴人《きじん》

五行は土、吉凶《きっきょう》は吉《きち》の相《そう》。陰《いん》の質《しつ》にして北東を司《つかさど》る。季節は土用。
十二天将《てんしょう》の中心的存在《そんざい》であり、気品や高貴《こうき》などを表す。

◆天后《てんごう》

五行は水、吉凶《きっきょう》は吉《きち》の相《そう》。陰《いん》の質《しつ》にして北西を司《つかさど》る。季節は冬。

天妃《てんひ》とも呼《よ》ばれる女神で、女性《じょせい》関連、愛情などを表す。

◆太陰《たいいん》

五行は金、吉凶《きっきょう》は吉《きち》の相《そう》。陰《いん》の質《しつ》にして西を司《つかさど》る。季節は冬。
知識豊《ちしきゆた》かな老婆《ろうば》、清純《せいじゅん》、公正、正直《しょうじき》などを表す。

◆玄武《げんぶ》

五行は水、吉凶《きっきょう》は凶《きょう》の相《そう》。陽《よう》の質《しつ》にして北を司《つかさど》る。季節は冬。
四神では北の守護者《しゅごしゃ》であり、聡明《そうめい》、陰険《いんけん》、狡猾《こうかつ》などを表す。

◆太裳《たいじょう》

五行は土、吉凶《きっきょう》は吉《きち》の相《そう》。陰《いん》の質《しつ》にして南西を司《つかさど》る。季節は土用。
天帝《てんてい》に使える文官であり、忍耐《にんたい》、不変、飲食関係などを表す。

◆白虎《びゃっこ》

五行は金、吉凶《きっきょう》は凶《きょう》の相《そう》。陽《よう》の質《しつ》にして南西を司《つかさど》る。季節は秋。
四神では西の守護者《しゅごしゃ》であり、勇猛《ゆうもう》、早さ、病《やまい》などを表す。

◆天空

五行は土、吉凶《きっきょう》は凶《きょう》の相《そう》。陽《よう》の質《しつ》にして北西を司《つかさど》る。季節は土用。
自由、芸術《げいじゅつ》、不実、中身がないものなどを表す。

セーマン・ドーマン

安倍晴明《あべのせいめい》が用《もち》いた五芒星《ごぼうせい》を「セーマン」、蘆屋道満《あしやどうまん》が用《もち》いたものを「ドーマン」といいます。いずれも魔除《まよ》けの呪符《じゅふ》の役割を持ちます。

◆セーマン

星形の一筆書きである五芒星《ごぼうせい》は、はじめも終わりもないことから魔物《まもの》の入り込《こ》む余地《よち》がないとされています。

陰陽道《おんみょうどう》の基本概念《がいねん》である陰陽五行思想《いんようごぎょうしそう》「木・火・土・金・水」の働きを表しているといわれています。

◆ドーマン

横5本、縦《たて》4本の線で構成《こうせい》される格子状《こうしじょう》の九文字からなり、魔物《まもの》を見張《みは》り寄《よ》せつけないとされています。一般的に知られる有名なものは、「臨《りん》・兵《ぴょう》・闘《とう》・者《しゃ》・皆《かい》・陣《じん》・列《れつ》・在《ざい》・前《ぜん》」などがあります。陰陽道《おんみょうどう》、修験道《しゅげんどう》、密教《みっきょう》などで九字は異なります。

急急如律令《きゅうきゅうにょりつりょう》

コミックなどでよく描《えが》かれる陰陽師《おんみょうじ》の決め台詞《ぜりふ》といえば「急急如律令《きゅうきゅうにょりつりょう》」ですね。

「喼急如律令《きゅうきゅうにょりつりょう》」とも書かれることがあります。言葉の意味は「急ぎそのようにせよ」「急ぎ律令《りつりょう》の如《ごと》くに行《おこな》え」というものです。

「律令《りつりょう》」とは定められた法律《ほうりつ》のことで、古代中国の行政文書の中で「速《すみ》やかに命令《めいれい》が執行《しっこう》されるように」と書かれた言葉です。これが日本に伝わり、呪文《じゅもん》として定着していきました。いつ頃《ごろ》から使われているかといえば、平安時代にはすでに宮中《きゅうちゅう》の儀式《ぎしき》の中に取り入れられていたと記録が残されています。

この言葉は陰陽道《おんみょうどう》に限《かぎ》らず、修験道《しゅげんどう》や密教《みっきょう》でも用《もち》いられていて、日本の呪術《じゅじゅつ》とは切っても切り離《はな》せない存在《そんざい》となっています。

日本ではじめてこの言葉が呪術《じゅじゅつ》としてあらわれるのは奈良時代のようで、静岡県伊場遺跡《いせき》で発見された日本最古の呪符《じゅふ》だとされる木簡《もっかん》には「百怪呪符《ひゃっかいじゅふ》」の書き出しではじまる文章の末尾《まつび》に「急急如律令《きゅうきゅうにょりつりょう》」が書き記《しる》されています。

追儺《ついな》

別名「鬼儺《おにやらい》」とも呼《よ》ばれる追儺《ついな》は、大晦日《おおみそか》に宮中《きゅうちゅう》で行われていた鬼《おに》を祓《はら》う儀式《ぎしき》です。季節の変わり目には鬼《おに》がさまざまな不幸や災《わざわ》いをもたらすと考えられ、新しい年を病気や災《わざわ》いのない年にする願いが込《こ》められていました。平安時代には、陰陽師《おんみょうじ》が追儺《ついな》により宮中《きゅうちゅう》の鬼《おに》を祓《はら》う役目を担《にな》うようになります。そしてその慣習《かんしゅう》が広く世間に伝わっていったとされています。

この「追儺《ついな》」という行事が、節分《せつぶん》のルーツだと言われています。

泰山府君祭《たいざんふくんさい》

中世陰陽師《おんみょうじ》が執《と》り行った儀式《ぎしき》で、冥界《めいかい》の王である泰山府君《たいざんふくん》を供養《くよう》し、寿命延長《じゅみょうえんちょう》や除災《じょさい》平安を祈《いの》りました。泰山《たいざん》は中国山東省泰安市《たいあん》にある五岳《ごがく》の一つで、古代中国において信仰《しんこう》を集めた神聖《しんせい》な山です。

死者の魂《たましい》がおもむく霊山《れいざん》として知られ、その頂上《ちょうじょう》には泰山府君《たいざんふくん》がおわし、人の寿命《じゅみょう》の記録である「死籍《しせき》」を管理していると考えられていました。

秦《しん》の始皇帝《しこうてい》はこの泰山《たいざん》に登り、天地に感謝《かんしゃ》を捧《ささ》げ、皇帝《こうてい》の権力《けんりょく》が永劫《えいごう》続くことを願った祭りとして「封禅《ほうぜん》の儀式《ぎしき》」を行い、恒例《こうれい》とすることにしました。

日本では平安時代中期に「泰山府君祭《たいざんふくんさい》」が成立しました。

使用された都状《とじょう》（冥界《めいかい》の神に送り出す祭文のことで、人の善行《ぜんこう》と悪行《あくぎょう》を書き記《しる》した帳簿《ちょうぼ》「都籍《とせき》」から命名されたもの）は十三通。

他《ほか》に用意されたのは硯《すずり》と筆《ふで》と墨《すみ》で、これは都状《とじょう》に書き記《しる》された依頼人《いらいにん》の詳細《しょうさい》に合わせて「都籍《とせき》」の内容を書き換《か》えてもらうことを意味しています。

泰山府君祭《たいざんふくんさい》は主《おも》に延命《えんめい》・栄達《えいたつ》・病気平癒《へいゆ》のために行われ、十二世紀半《なか》ばには貴族《きぞく》社会に随分《ずいぶん》と広まっていました。

◆泰山府君《たいざんふくん》

別名：太山王《たいざんおう》。中国の泰山《たいざん》に住まうという、人の生き死にを司《つかさど》る神。地獄《じごく》の裁判官《さいばんかん》である十王の一人。

- ◆**第一殿《でん》　秦広王《しんこうおう》**　初七日（七日目）
- ◆**第二殿《でん》　初江王《しょこうおう》**　二七日（十四日目）
- ◆**第三殿《でん》　宗帝王《そうていおう》**　三七日（二一日目）
- ◆**第四殿《でん》　五官王《ごかんおう》**　四七日（二八日目）

◆**第五殿《でん》　閻魔王《えんまおう》**　五七日（三五日目）　別名：閻羅王《えんらおう》
◆**第六殿《でん》　変成王《へんじょうおう》**　六七日（四二日目）
◆**第七殿《でん》　太山王《たいざんおう》**　七七日（四九日目）　別名：泰山府君《たいざんふくん》
◆**第八殿《でん》　平等王《びょうどうおう》**　百箇《か》日　別名：平成王
◆**第九殿《でん》　都市王《としおう》**　一周忌《き》
◆**第十殿《でん》　五道転輪王《ごどうてんりんおう》**　三回忌《き》

★地獄《じごく》のシステム

死後、すべての人間は「三途《さんず》の川」を渡《わた》り、七日ごとに十王の受け持つ七回の審判《しんぱん》を受けることになり、最終的にその者の犯《おか》した罪《つみ》に見合った地獄《じごく》に落とされることになります。

この七回の審判《しんぱん》で罪《つみ》が決まらない時は、追加で三回の審判《しんぱん》が行われます。

ただ、この七回の審判《しんぱん》で罪《つみ》が決定しない場合でも「地獄道《じごくどう》」「餓鬼道《がきどう》」「畜生道《ちくしょうどう》」「修羅道《しゅらどう》」「人道」「天道」のいずれかに行くことになっています。

これは一種の「救済措置《きゅうさいそち》」で、たとえば地獄道《じごくどう》・餓鬼道《がきどう》・畜生道《ちくしょうどう》の三悪道に落ちていたとしても救《すく》い上げ、修《しゅ》羅《ら》道《どう》・人道・天道に向かったならばさらに徳《とく》を積むために用意されているのです。

仏教《ぶっきょう》の法要が七日ごとに七回行われるのは、審査《しんさ》を担当《たんとう》する十王に遺族《いぞく》が死者の罪《つみ》を減《へ》らしてほしいと願《ねが》うためです。

閻魔王《えんまおう》の宮殿《きゅうでん》にある「浄玻璃鏡《じょうはりのかがみ》」に映《うつ》し出される死者の「生前の善悪《ぜんあく》」と共に、遺族《いぞく》が行う追善供養《ついぜんくよう》における態度《たいど》も審判《しんぱん》の証拠《しょうこ》として重要視《し》されるそうです。

百箇日《か》、一周忌《き》、三回忌《き》の三回分についての追善法要《ついぜんほうよう》は、救《すく》いもらしのないように用意されたものだと考えられています。

また、室町時代に日本で考えられた十三王（十三仏《ぶつ》・如来《にょらい》と菩薩《ぼさつ》）があります。

これは冥界《めいかい》の審理《しんり》に関わる十王に三王を追加して、少しでも極楽《ごくらく》へ行けるチャンスを増《ふ》やすためのものではないでしょうか。

◆**蓮華王《れんげおう》**　七回忌《き》
◆**祇園王《ぎおんおう》**　十三回忌《き》
◆**法界王《ほうかいおう》**　三三回忌《き》

その他《ほか》の代表的な儀式《ぎしき》には、

◆**五竜祭《ごりゅうさい》（五龍祭《ごりゅうさい》）**　雨乞《あまご》いの儀式《ぎしき》
◆**御霊会《ごりょうえ》**　怨霊《おんりょう》による祟《たた》りを防《ふせ》ぐための儀礼《ぎれい》
◆**天曹地府祭《てんそうちふさい》**　天皇《てんのう》の延命《えんめい》と国の安泰《あんたい》を祈願《きがん》する儀式《ぎしき》

などがあります。

方違《かたたが》え

縁起《えんぎ》が悪い方角を避《さ》けて、別の場所に迂回《うかい》してから、目的地へと向かう方法。それでは、縁起《えんぎ》が悪い方角とはどの方角なのでしょうか?

平安時代に考えられていたのは、さまざまな神が方位を順に巡《めぐ》っているため、出かけようとする方角に神がいると、その方角は縁起《えんぎ》の悪い方角だとされました。そのため、陰陽師《おんみょうじ》たちは年月日と当人の星回りなどによってその日の方角を占《うらな》っていました。

結界

結界とは、ある領域《りょういき》内を霊力《れいりょく》や魔力《まりょく》を駆使《くし》して、悪霊《あくりょう》などの外敵《がいてき》を侵入《しんにゅう》させないように壁《かべ》をつくる方策です。また、反対に悪《あ》しきものを封印《ふういん》することにも使います。

陰陽師《おんみょうじ》は天皇《てんのう》や公家《くげ》、そして都さらに国家を守ることが使命であり、そのためにさまざまな結界を施《ほどこ》していました。

結界は現代の日常生活でも存在《そんざい》しています。

仏教、神道などの宗教《しゅうきょう》分野では儀式《ぎしき》を執《と》り行う場所を幕《まく》で囲みますが、これが結界を意味するそうです。また、茶道や落語などの芸能分野でも演じる際に自分の前に扇子《せんす》を置きますが、その扇子《せんす》が結界となっているようです。

そして日常生活の中では、障子《しょうじ》やふすまなどによって外と内との区切りを設《もう》けていますが、これが結界を施《ほどこ》していた名残《なごり》だという説もあります。

ちなみに、川にかかる橋は、あの世とこの世を分ける結界だといわれています。

さまざまな占術《せんじゅつ》

陰陽師《おんみょうじ》はさまざまな方法で占《うらな》いを行っていました。

◆易占《えきせん》

筮竹《ぜいちく》と呼《よ》ばれる細い竹ひごのようなものを使って占《うらな》う。

◆式占《しきせん》

式盤《しきばん》あるいは栻《ちょく》と呼《よ》ばれる器具を使って占《うらな》う。

代表的な式占《しきせん》には「六壬式《りくじんしき》（六壬神課《りくじんしんか》）」「太乙式《たいいつしき》（太乙神数《たいいつしんすう》）」「遁甲式《とんこうしき》（奇門遁甲《きもんとんこう》）」の三式があります。

◆地相《ちそう》

土地の吉凶《きっきょう》を見分ける。

◆天文占《てんもんうらない》

天体現象や気象現象から吉凶《きっきょう》を占《うらな》う。

◆暦占《れきせん》

暦《こよみ》と人物や事柄《ことがら》などを照らし合わせて吉凶《きっきょう》や方角を占《うらな》う。

※暦《こよみ》を作成するのも陰陽寮《おんみょうりょう》の暦博士《れきはかせ》の仕事だった。

陰陽師《おんみょうじ》の道具

陰陽師《おんみょうじ》が用《もち》いたとされる道具をいくつか紹介《しょうかい》します。

◆**人形《ひとがた》**（形代《かたしろ》、撫物《なでもの》ともいう）

紙や木材・草葉・藁《わら》などで人形をつくり、呪詛《じゅそ》をかける対象とする。

呪詛《じゅそ》の種類

・**善用**　人形に病《やまい》や穢《けが》れを移して祓《はら》うなど。

・**悪用**　対象の人物を呪殺《じゅさつ》するなど。

◆**符呪《ふじゅ》**

呪文《じゅもん》を書いた霊符《れいふ》。

呪詛《じゅそ》や護身のために使われる。

◆**呪符《じゅふ》**

呪詛《じゅそ》に用《もち》いられる霊符《れいふ》。

◆**護符《ごふ》**

身を守るための霊符《れいふ》。

※御札《おふだ》や御守の原型とも考えられています。

◆**渾天儀《こんてんぎ》**（**天球儀《ぎ》**）

天文《てんもん》観測に用《もち》いた道具。

天文博士《てんもんはかせ》の道具で星の運行の組み合わせや配置を観測する。

◆太上神仙鎮宅霊符《ちんたくれいふ》

鎮宅霊符神《ちんたくれいふしん》が宿《やど》るとされる七十二種の護符《ごふ》。

※鎮宅霊符神《ちんたくれいふしん》とは道教の玄天上帝《げんてんじょうてい》（玄武《げんぶ》を人格神化した神）。

◆六壬式盤《りくじんしきばん》

式占《しきせん》の「六壬式占《りくじんしきせん》」に使われる道具。天変地異の予知や吉凶《きっきょう》を判断するための道具。地を表す與《よ》と呼《よ》ばれる台座《だいざ》と湛《たん》と呼《よ》ばれる円形の天板を組み合わせてあり、星の運行、刻《こく》、場所から吉凶《きっきょう》を占《うらな》う。

イザナギ流　不動王生霊《いきりょう》返し

土佐国に伝わってきた民間の陰陽道《おんみょうどう》・イザナギ流の有名な呪詛《じゅそ》返しの呪文《じゅもん》です。

イザナギ流は土佐国物部村（現在の高知県香美市）に伝承《でんしょう》された、独自《どくじ》の進化を遂《と》げた陰陽道《おんみょうどう》です。

天竺《てんじく》の「イザナギ大神《おおかみ》」から伝授《でんじゅ》されたという祭祀《さいし》の手法で、二十四の方術《ほうじゅつ》に基《もと》づく体系《たいけい》です。

祭祀《さいし》においては法具を使用せず、儀式《ぎしき》のたびにそれに応《おう》じた型式の御幣《ごへい》（和紙でつくった切り紙）を使用します。

民間信仰《しんこう》ではありますが、祭祀《さいし》に関わる祝詞《のりと》や呪文《じゅもん》は膨大《ぼうだい》な量で、地域《ちいき》の中で「太夫《たゆう》（祭祀《さいし》を執《と》り行う神職《しんしょく》）」に相応《ふさわ》しいと認《みと》められた者が師匠《ししょう》から継承《けいしょう》します。

「太夫《たゆう》」となる人物は男女の性差に関係なく、また家元制度や世襲《せしゅう》などで選ばれることはありません。

この「不動王生霊《いきりょう》返し」の呪文《じゅもん》は、現代に伝わる呪詛《じゅそ》返しの中ではもっとも強力なものの一つです。

百鬼夜行《ひゃっきやこう》

「ひゃっきやぎょう」ともいわれます。

深夜に大路《おおじ》などを徘徊《はいかい》する鬼《おに》や妖怪《ようかい》の群《む》れで、これに行き逢《あ》うと高熱を出して寝込《ねこ》んだり、最悪の場合は命を落としたりすると伝えられます。

そのため都の貴族《きぞく》たちは夜の外出を控《ひか》えるために暦《こよみ》を活用し、百鬼夜行《ひゃっきやこう》に出逢《であ》わないための対策《たいさく》を考えていました。

鎌倉時代から室町時代にかけて編纂《へんさん》された百科事典のような書物「拾芥抄《しゅうがいしょう》」には『子子午午巳巳戌戌未未辰辰《ねねうまうまみみいぬいぬひつじひつじたつたつ》』と各月における該当日《がいとうび》の十二支《じゅうにし》が記載《きさい》されています。

- 一月／二月　子《ね》の日
- 三月／四月　午《うま》の日
- 五月／六月　巳《み》の日
- 七月／八月　戌《いぬ》の日
- 九月／十月　未《ひつじ》の日
- 十一月／十二月　辰《たつ》の日

これらの日は百鬼夜行《ひゃっきやこう》が出現する「百鬼夜行日《ひゃっきやこうび》」と考えられ、貴族《きぞく》たちは屋敷《やしき》にこもって大人《おとな》しく朝を迎《むか》えたのでした。

また百鬼夜行《ひゃっきやこう》を避《さ》けるための呪文《じゅもん》として「カタシハヤ　エカセニクリニ　タ（く）メルサケ　テエヒ　アシエヒ

ワレシコ（えひ）ニケリ」があり、これは「自分は酒に酔《よ》った者である（手酔《てよ》い足酔《あしよ》い我酔《われよ》いにけり）」という意味なのだそうです。

「わたしは今酒に酔《よ》っているので、きっと幻《まぼろし》を見ているに違《ちが》いない。わたしはなにも見ていない。見ていないぞー」

といったところでしょうか。

有名な京都大徳寺真珠庵《だいとくじしんじゅあん》の「百鬼夜行絵巻《ひゃっきやこうえまき》」は百鬼夜行《ひゃっきやこう》を描《えが》いた最古のものとされていますが、描《えが》かれているのは「付喪神《つくもがみ》（長い年月を経過《けいか》した道具などに霊魂《れいこん》が宿《やど》って妖怪《ようかい》化した存在《そんざい》。九十九神とも）」であり、厳密《げんみつ》には「百《ひゃっ》鬼夜行《きやこう》とは言えない」という説もあるようです。

なにはともあれ、夜中に出逢《であ》いたくない行列であることに間違《まちが》いはなさそうです。

現代に残る陰陽道《おんみょうどう》

■暦《こよみ》　六曜　ろくよう／りくよう

皆さんの使っているカレンダーにも、陰陽道《おんみょうどう》の足跡《そくせき》を見ることができます。

「結婚式《けっこんしき》は大安吉日を選びました」「お葬式《そうしき》は友引《ともびき》を避《さ》けて」といった言葉を聞いたことはないでしょうか。

十四世紀頃《ごろ》に中国から伝わってきた考えで、日本で干支《えと》や陰陽道《おんみょうどう》の思想をベースに再構築《さいこうちく》されています。

明治以降にはその日の吉凶《きっきょう》や運勢《うんせい》を占《うらな》うために活用されていましたが、さまざまな暦注《れきちゅう》（暦《こよみ》に記載《きさい》された占《うらな》いの部分）が流行し、これを信じすぎる人が増《ふ》えてしまったために問題視《もんだいし》されました。

明治政府は太陰暦《たいいんれき》（旧暦《きゅうれき》）が太陽暦《たいようれき》に切り替《か》わる際に「六曜は科学的根拠《こんきょ》に乏《とぼ》しく、人心を惑《まど》わす迷信《めいしん》である。

よって今後、暦《こよみ》に六曜を記載《きさい》し暦注《れきちゅう》を作成することを禁止《きんし》する」とした『暦注禁止令《れきちゅうきんしれい》』を出したこともあるようです。

それでは、六曜の意味をざっくりと説明していきましょう。六曜において午前中は十四時までを示《しめ》します。「良い運勢《うんせい》は午前中」とある場合は十四時までの時間帯だと考えてください。

◆先勝　せんしょう／せんかち

先んずれば勝つ。あらゆることを急ぐのが良い日。十四時から十八時までは運勢《うんせい》の良くない時間帯です。なので必要な用事は午前中に済《す》ませてしまいましょう。

◆先負　せんぷ／さきまけ／せんまけ／せんぶ

先んずれば負ける。心を穏《おだ》やかにゆったりと過《す》ごすが吉。勝負事や訴訟事《そしょうごと》、契約《けいやく》は凶《きょう》です。午後からは運気が反転し凶《きょう》は吉に転じます。

◆友引　ともびき／ゆういん

共に引き分け、勝負のつかない日。「友を引く」という字面から不幸事を避《さ》ける傾向《けいこう》があります。逆《ぎゃく》に結婚式《けっこんしき》や入籍《にゅうせき》などの祝《いわ》い事は「幸福のお裾《すそ》分け」として歓迎《かんげい》されます。午前中や夜は吉、十一時から十三時は凶《きょう》となります。

◆赤口　せきぐち／しゃっこう／しゃっく

「赤舌日《しゃくぜつにち》」ともいい、陰陽道《おんみょうどう》の神「赤口神《しゃっこうしん》」の元にいる八匹《びき》の鬼神《きしん》「赤舌神《しゃくぜつしん》」が人々や生き物を苦しめる日があることに由来しているそうです。そのため仏滅《ぶつめつ》以上に祝《いわ》い事などは避《さ》ける傾向《けいこう》があり、火や刃物の取り扱《あつか》いには特に注意が必要な日です。友引とは逆《ぎゃく》で十一時から十三時が吉です。

◆仏滅　ぶつめつ

元々は「虚亡《きょもう》」と呼《よ》ばれていましたが「物滅《ぶつめつ》」に変化し、現在の「仏滅《ぶつめつ》」になりました。「尊《とうと》い仏《ほとけ》も滅《ほろ》ぼす日」とされ、何事においても良い結果の出ない日です。字面から仏教《ぶっきょう》由来の言葉だと思われがちですが、関係はありません。結婚式《けっこんしき》などの祝《いわ》い事には向かないとされてきましたが、最近では「新しい人生をスタートする日」と捉《とら》え、あえて仏滅《ぶつめつ》の日を選ぶ人もいるそうです。

◆大安　たいあん

大いに安し、一日を通して万事に良い運勢《うんせい》の日です。六曜の中で仏滅《ぶつめつ》と並《なら》び最もよく知られた日ではないでしょうか。時間帯に関係なくあらゆる事が吉なので、結婚式《けっこんしき》や結納《ゆいのう》、入籍《にゅうせき》、契約《けいやく》を交《か》わす、不動産を購入《こうにゅう》するなどで選ばれる日です。

■地鎮祭　じちんさい／とこしずめのまつり

土木工事や建築《けんちく》工事のはじまりにあたって、工事の無事を土地の神様に祈願《きがん》するための「地鎮祭《じちんさい》」も陰陽道《おんみょうどう》に関係しています。現在では神式の地鎮祭《じちんさい》が主流ですが、元々は神式と仏式《ぶっしき》の二種類がありました。

古来、地祭《じまつり》、鎮祭《しずめまつり》、宮地鎮謝《みやじちんしゃ》、地曳祭《じひきさい》などとも呼《よ》ばれてきました。

記録によれば最も古い地鎮祭《じちんさい》は持統天皇《じとうてんのう》の時代に行われています。大同《だいどう》二年（８０７年）に編纂《へんさん》された『古語《こご》拾遺《しゅうい》』には神武天皇《じんむてんのう》が橿原《かしはら》に都を設《もう》けた際に「坐摩神《いかすりのかみ》」が祀《まつ》られたとの記述《きじゅつ》があります。

「坐摩《いかすり》」とは大宮所《おおみやどころ》（皇居《こうきょ》のある地、皇居《こうきょ》）の霊《れい》であるとされていましたので、古くから宮殿《きゅうでん》の起工にあたって地鎮祭《じちんさい》が行われていたのでしょう。

地鎮祭《じちんさい》の儀式《ぎしき》では「五色幣《ごしきのへい》」と呼《よ》ばれる幟旗《のぼりばた》を中央・東西南北の角に立てます。これは中国の陰陽五行《いんようごぎょう》に由来するものだと考えられていて、百済《くだら》から観勒《かんろく》（百済《くだら》出身の僧侶《そうりょ》で日本最初の僧正《そうじょう》）によってもたらされたといわれています。

■パワースポット（清明神社《せいめいじんじゃ》）

京都府上京区の清明神社《せいめいじんじゃ》は、日本各地にあるパワースポットの一つとして人気を集める神社です。安倍清明《あべのせいめい》の屋敷跡《やしきあと》ともいわれ、一条天皇《いちじょうてんのう》の命により安倍清明《あべのせいめい》をご祭神に社殿が設《もう》けられました。境内《けいだい》にはいたるところで五芒星《ごぼうせい》（清明桔梗《せいめいききょう》）の社紋《しゃもん》を見ることができます。

また、京都市内には清明《せいめい》ゆかりの場所もたくさん点在《てんざい》しています。一条戻橋《いちじょうもどりばし》も再現されているので、清明《せいめい》が使役《しえき》したとされる式神が隠《かく》れているかもしれません。

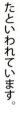

参考文献

『［図解］呪術大全』株式会社ライブ編著／株式会社カンゼン
『見るだけで楽しめる！ まじないの文化史 日本の呪術を読み解く』新潟県立歴史博物館・監修／河出書房新社
『［図説］呪具・法具・祭具ガイド（新装版）』呪術探求編集部編／原書房
『怪異の民俗学1 憑きもの』小松和彦・責任編集／河出書房新社
『［図説］憑物呪法全書』豊嶋泰國／原書房
『［図説］日本呪術全書』豊嶋泰國／原書房
『ちちんぷいぷい「まじない」の民俗』神崎宣武／小学館
『日本の古典をよむ15 宇治拾遺物語・十訓抄』小林保治、増古和子・訳／浅見和彦・校注・訳／小学館
『［図説］安倍晴明と陰陽道』山下克明・監修／大塚活美、読売新聞大阪本社・編／河出書房新社
『新版 日本架空伝承人名事典』大隅和雄、尾崎秀樹、西郷信綱、阪下圭八、服部幸雄、廣末 保、山本吉左右ほか・編／平凡社

参考WEBサイト

佐用町観光協会
神泉苑
Club Fame 京都の情報発信基地
説話百景
All About

出典

■安倍晴明、忠行に随いて道を習う語
『今昔物語集第二十四之十六』『宇治拾遺物語巻之十一－三　一二七話』
■晴明が蔵人少将の憑き物を追い払うこと
『宇治拾遺物語之巻二－八　二十六話』
■道長と晴明と白い犬
『宇治拾遺物語巻之十四－一〇　一八四話』

著■橘 伊津姫（たちばな いつき）
幼少期よりオカルト・ホラー・心霊などに興味を持ち、情報を収集していた。現在、主にネット上にてホラー小説を公開。神話系、怪談系など人知を超越した伝承や不思議な事柄を文章で表現している。主な著作：汐文社刊では、『世界の神々と四大神話』全四巻、『意味がわかるとゾッとする話 3分後の恐怖1期』全三巻などがある。

イラスト◆白桜 志乃（しろさくら しの）
Web漫画家・イラストレーター。日本中世前期の歴史（特に鎌倉時代末期から南北朝時代）を中心に歴史創作系漫画やイラストを多数制作。Webおよび書籍掲載など多岐にわたり活動中。

呪術《じゅじゅつ》　闇《やみ》と光のバトル
こころに宿《やど》る鬼《おに》の影《かげ》　陰陽師《おんみょうじ》

2024年8月　初版第1刷発行

著　者	橘 伊津姫
発行者	三谷 光
発行所	株式会社 汐文社
	東京都千代田区富士見1-6-1
	富士見ビル1階　〒102-0071
	電話03-6862-5200　FAX03-6862-5202
	https://www.choubunsha.com/
印　刷	新星社西川印刷株式会社
製　本	東京美術紙工協業組合

ISBN978-4-8113-3141-6　NDC913